Elisabeth Eberle

GNADENBRINGENDE WEIHNACHTSZEIT

ELISABETH EBERLE

Gnadenbringende Weihnachtszeit

***

Wie »Macht hoch die Tür«,
»O du fröhliche« und
der Adventskranz
entstanden

francke

Über die Autorin:
Elisabeth Eberle arbeitete nach einer Ausbildung im Bibliothekswesen im Buchhandel und machte sich dann als Autorin selbständig. Seit einigen Jahren betreibt sie einen literarischen Salon, in dem sie Vorträge aus dem Bereich Literatur, Kunst und Geschichte hält, und ist mit diesen Vorträgen auch auf Reisen. Sie ist verheiratet, zweifache Mutter und lebt in Süddeutschland.

Bibliografische Information der Deutschen Nationalbibliothek
Die Deutsche Nationalbibliothek verzeichnet diese Publikation in der Deutschen Nationalbibliografie; detaillierte bibliografische Daten sind im Internet über http://dnb.dnb.de abrufbar.

ISBN 978-3-96362-015-7

35037 Marburg an der Lahn
Umschlagbild: © iStockphoto.com / Lesikvit
Umschlaggestaltung: Verlag der Francke-Buchhandlung GmbH
Satz: Verlag der Francke-Buchhandlung GmbH
Printed in Czech Republic

www.francke-buch.de

Inhalt

Das weite Tor

Die Geschichte eines Adventsliedes

Sturm

Er hatte sich nicht zu lange bei den Leuten aufgehalten. Während der letzten Tage hatte die Sonne auch nur bleich und sehr fern am Himmel gestanden, aber es war trocken und einigermaßen mild geblieben. Doch bereits am Morgen, als er sein Zuhause verlassen hatte, spürte er, dass das Wetter umschlagen würde. Trotzdem war er aufgebrochen, denn er hätte es sich nicht verzeihen können, wenn der Kranke, dessen Besuch der Grund seiner Wanderung gewesen war, sterben würde, ohne ihn noch einmal gesehen zu haben.

Er wusste genau, wie lange einem der Rückweg werden konnte, schließlich ging man eine solche Strecke zweimal innerhalb nur weniger Stunden. Aber er versüßte sich diese Anstrengung für lange Zeit mit Singen. Was wäre er nur ohne seine Musik?! Sie war eine wunderbare Gefährtin, eine Freundin. Eine, die erfrischte, wenn man müde war und neue Gedanken brauchte. Eine, die ermutigte, wenn man festzustecken schien und keine Lösungen in Aussicht waren. Und schließlich eine, die tröstete, wenn Trauer und Angst nach einem griffen. Zudem konnte man sie überallhin mitnehmen und trug so leicht an ihr.

Schon als Kind hatte er die Musik geliebt, und als er mit elf Jahren ohne Eltern in die Stadt gekommen war, um das Pädagogium zu besuchen, war dem Kapellmeister seine Singstimme aufgefallen. So wurde er früh in den Chor aufgenommen und lernte von Grund auf, musikalische Studien zu betreiben und später das Musikstudium aufzunehmen. Nicht zuletzt, weil es an manchen Tagen unablässig sang und dichtete in seinem Kopf, hatte er sich auch heute auf diesen langen Weg alleine gefreut. Beim strammen Gehen konnte er seinen Gedanken ungestört freien Lauf lassen, das weite Land vor Augen, das einen von nichts ablenkte.

In drei Wochen würde sein Kirchlein geweiht werden, am zweiten Adventssonntag, und er würde so gerne diesem für ihn und Agnes so wichtigen Beginn ein Lied widmen. Zuvorderst sollte es ein Ausdruck des Dankes und der Freude an Gott werden, die er tief in sich trug und die er nicht für sich behalten wollte. Er wünschte es sich so sehr, die nun vor ihm liegende Zeit als Seelsorger und Hirte einer eigenen Gemeinde nutzen zu können, um Glauben und Gottvertrauen zu stiften. Die Menschen brauchten Hoffnung und Trost! Wie froh waren sie, dass die Pestzeit überwunden war. Es war so furchtbar gewesen, dass alles zu entgleiten schien; in dieser Not hatten die Menschen zu Gott gerufen und gefleht. Aber nun, da die Krankheit und das sinnlose Sterben gebannt waren, verflüchtigte sich die Hinwendung zu Gott bereits wieder deutlich. Es schmerzte ihn und er würde es so gerne verändern. Aus diesem Grund hatte er auch den weiten und beschwerlichen Weg hinaus ins Haff auf sich genommen, um eines Menschen willen, der ihm am Herzen lag und der vielleicht sterben musste ohne Hoffnung auf ein ewiges Leben bei Gott. Es war doch nicht alles zu Ende mit diesen wenigen Jahren hier auf der Erde, von denen man nie wusste, wie lange sie dauern konnten.

Die ersten beiden Stunden war der Wind nicht auffällig gewesen, aber seit geraumer Zeit gewann er an Kraft. Er hatte sofort zur Kenntnis genommen, dass er aus einer anderen Richtung kam. War es nicht gerade noch Herbst gewesen? Der Apfel, den Agnes ihm als Proviant zugesteckt hatte, befand sich noch in seiner Tasche. Bestimmt war jetzt ein guter Zeitpunkt, ihn zu verzehren. Der Blick an den Himmel verhieß nichts Gutes. Die Wolken gingen immer tiefer, als zöge sie eine unsichtbare Hand erdwärts. Sie würden ihre Last nicht mehr lange zurückhalten, das war bereits deutlich zu erkennen. Es war eben einer dieser ostpreußischen Winter, der erneut über dem Land stand. Wer hier lebte, wusste, wie unerbittlich und lang diese Winter sein konnten. Auch er kannte sie, seit seiner Kinderzeit. Doch Kinder konnten ihnen genügend abgewinnen, um vergnügt zu sein. Wenn der Schnee sich türmte und das Land einhüllte, als hätten tausend Waschfrauen alles voller weißer Laken und Tücher gelegt. Wenn Flüsse und Teiche zufroren und man auf ihnen eislaufen konnte. Da ließen sich sogar die Erwachsenen hinauslocken – auch er liebte es immer noch, auf dem Eis dahinzugleiten. Zusammen mit Agnes war es noch schöner!

Er schlug ein schnelleres Tempo an, beförderte den Apfel zutage und biss herzhaft hinein. Eine köstliche Frucht! Er war so dankbar, dass er regelmäßig auch in Naturalien bezahlt wurde, denn hätte er diese Äpfel für bare Münzen kaufen müssen, würde er sie sich niemals leisten.

Nur zwei Jahre hatte er nach seinem ersten Studium als Rektor einer Lateinschule gearbeitet, aber das war nicht das, was seine Leidenschaft entfachte. Sein Feld waren die Wissenschaften. Also hatte er ein zweites Studium hier in Königsberg aufgenommen. Das Einzige, was ihm sehr zusetzte, waren die Lehrstreitigkeiten seiner Zeit. Schon während seines ersten Studiums hatten ihn die Zwistigkeiten zwischen den Lutherischen und Reformierten manchmal richtiggehend krank gemacht. Für Streit war er nicht geschaffen, seine Natur war wohl zu sanft dafür. Trotz dieser Unannehmlichkeiten hörte und arbeitete er sich tapfer durch alle Seminare und Vorlesungen.

Er liebte die Universität, nur die Bibel durfte sie ihm nicht verleiden. Dagegen kämpfte er an. Seine Mutter hatte in ihn den Grundstock eines tiefen Vertrauens in Gott gelegt. Sie lehrte ihn das ungekünstelte und kindliche Beten und brachte ihm die biblischen Erzählungen als das persönliche Reden Gottes mit den Menschen nahe. Christus war der Mittelpunkt, um den sich alles drehte und an dem sich wohl auch alles schied. Er war doch der Alleinige, auf den man sehen sollte und an dessen Wesen man wiederum ablesen konnte, was es bedeutete, geliebt zu werden und zu lieben.

Eines Tages hatte er beschlossen, die Universität zu verlassen und sich nach einer Pfarrstelle umzusehen. Er war dreiunddreißig Jahre alt geworden, bis er eine zugeteilt bekam, allerdings mit einer Kirche, die erst noch gebaut werden musste. Es war bis jetzt nur kleines sakrales Gebäude vorhanden, dessen Einweihung nun für den zweiten Advent vorgesehen war.

Obwohl er jetzt eine richtige Anstellung hatte, war sein Verdienst noch immer sehr gering, und einen ausbezahlten Lohn musste man für drei Monate einteilen, bevor der nächste kam. Nach großen Reichtümern gelüstete es ihn nicht, doch ein wenig mehr hätte er schon gerne für sich und Agnes gehabt. Sie wollten ja so gerne auch Kinder haben. Ein Pfarrhaus ohne solche schien ihnen ein wenig zu leblos zu sein.

Umso dankbarer war er seinem kurfürstlichen Landesherrn, dass ihm von diesem neben manchen Lebensmitteln auch die Amtskleidung zur Verfügung gestellt wurde.

Er aß den Apfel bis auf den letzten Rest. Nur den Stiel warf er weg. Noch einmal zog er sein Tempo ein ganzes Stück an. Die ersten kaum sichtbaren Flocken mahnten ihn dazu. Der Wind nahm mit jeder Minute zu und leider kam er nun wirklich aus der falschen Richtung – ihm entgegen. Die Umrisse der Stadt hatte er im flachen Land schon ahnen können, doch je dichter der Schleier des fallenden Schnees wurde, umso ferner rückten sie, auch wenn er wusste, dass es nur eine Täuschung war. Ihm war längst klar, dass keine Aussicht mehr bestand, auf so angenehme Weise zu seinem Zuhause zu gelangen, wie er es verlassen hatte. Er hoffte nur, dass Agnes sich nicht zu große Sorgen machen würde.

Es wurde ein Sturm, wie ihn niemand erwartet hatte. Draußen auf dem Land pfiff der Wind durch die strohgedeckten Katen; vorsorglich schloss man die Fensterläden und dennoch ging in manchen sogar das Herdfeuer aus. Das Federvieh war längst in seine Unterstände geflohen, während sich Kühe, Ziegen und Schafe eng aneinandergedrückt auf dem Boden niederließen und sich zusammenkauerten. Sträucher und Bäume bogen sich unter den gewaltigen Böen, die zwischendurch klangen wie ferner Kanonendonner.

Mit einer Schnur, die er in seiner Tasche fand, hatte er sich diese mitsamt seinem Umhang, so fest es ging, um die Taille gebunden. Die Hand, mit der er jeweils für einige

Augenblicke seine Kapuze unter dem Kinn umklammerte, hatte er mit einem Taschentuch umwickelt, aber als er die Hände einmal zu wechseln versuchte, war das Tuch weggerissen worden und davongeflogen wie ein leichtes Stück Papier. Seitdem stachen die Schneeflocken auf dem Gesicht, in den Ohren, und der Wind wirbelte ihm so durch die Haare, dass es schmerzte. Um die Kapuze wieder über den Kopf ziehen zu können, musste er sich hinter einem Baumstamm stehend mit dem Rücken dorthin wenden, wo das Blasen herkam.

Erst nach langer Zeit fiel ihm auf, dass er ganz alleine war. Keine Menschenseele außer ihm schien unterwegs zu sein. Kein Fuhrwerk war auf der Straße, der er folgte, weder ein streunender Hund noch eine Krähe waren weit und breit zu entdecken. Er keuchte und rang um jeden Meter, den er sich der Stadt näherte. Und es wurde schon deutlich dunkel. Trotz seiner Anstrengung begann er langsam zu frieren. Doch so, wie er vorwärtskam, würde es ihn schätzungsweise noch eine halbe Stunde kosten, bis er die Stadt erreichte. Ob er doch Agnes' Bedenken hätte ernster nehmen und den Besuch verschieben sollen? Er hatte den Kranken in einer besseren Verfassung vorgefunden, als er erwartet hatte, aber wie hätte er es wissen sollen? Der Tod war ein unberechenbarer Geselle, und das, was hier eben vor sich ging, ließ auf einen zeitigeren Wintereinbruch schließen als sonst. Denn oft waren gerade die Wochen vor Weihnachten eher die noch milderen. Also wollte er keine Reue aufkommen lassen wegen seiner Entscheidung. Er war es diesem Menschen schuldig, bei ihm gewesen zu sein.

Er kämpfte sich weiter vorwärts. Zu singen war ihm nicht mehr möglich, dazu reichte sein Atem nicht. Doch er hörte seine Melodien in seinen Gedanken und sang sich über diese guten Mut zu. Seine Erschöpfung fühlte er allerdings mehr und mehr.

Auch im Schutz der Stadt heulte und trieb der erste Winterbote die Schneeflocken wild zwischen den Mauern der Gassen und Häuser hindurch und sammelte sich in den Ecken und Eingängen der Gebäude. Er zerrte an Türen und Fenstern und riss schnell die letzten Blätter, die bis jetzt noch eisern standgehalten hatten, von den Bäumen in den Gärten. Längst hatte man die Kinder von den Straßen geholt. Die Marktleute hatten ihre Körbe in Sicherheit gebracht und die Kutscher Wagen und Pferde in die Ställe geführt. Die offenen Feuer der Schmiede waren gelöscht. Wer nicht unbedingt gezwungen war, nach draußen zu gehen, blieb in dem Haus, in dem er sich gerade befand. Alles, was nicht ordentlich befestigt war, schlug irgendwo dagegen; Gegenstände wie Eimer oder losgerissene Schilder wirbelten und schossen unberechenbar in der Luft herum. Es knallte und krachte mitunter ohrenbetäubend.

Die Schiffe waren zusätzlich vertäut worden, so gut es ging, doch es war ein schauerliches Heulen, Klagen und Krachen, das zwischen ihre Planken und Masten fuhr, über die Pregelmündung und das Hundegatt an den hohen Wänden der Waren- und Lagerhäuser entlanglief und laut über ihre Dächer hinweg schallte.

Der Spuk wollte nicht enden. Als Georg die ersten Häuser der Vorstadt erreichte und ein lautes „Gottlob!" ausstieß, hätte er am liebsten aufgegeben, so kraftlos fühlte er sich. Seine Kapuze hielt er schon lange nicht mehr fest, zu klamm waren die Hände geworden.

Allein die Tatsache, dass er die Einsamkeit der Landschaft draußen überwunden hatte und unter Häusern und Menschen war, spornte ihn neu an. Es war niemand zu sehen, die Straßen waren menschenleer. Hätten nicht hinter den Fenstern die Lichter der Zimmer und Stuben geflackert, wäre es unheimlich und gespenstisch gewesen. Aber das Leuchten der Lampen zeugte von Leben und nahender Geborgenheit. Doch noch war er nicht zu Hause, im Gegenteil – bis zum Roßgarten war es noch weit. Zu weit, wie es ihm erschien. Es drängte ihn sehr danach, Agnes zu sehen und sie von ihrer Sorge um ihn zu erlösen, denn dass sie diese hatte, war ihm wohl bewusst. Sie war erst zwanzig Jahre alt und hielt so tapfer zu ihm, dem mittellosen Pfarrer, dass er am liebsten alle Schwierigkeiten von ihr abhalten und sie vor so manchen Widrigkeiten beschützen würde. Im Moment fühlte er zu seiner eigenen Erschöpfung zudem ein schlechtes Gewissen ihr gegenüber. Er hätte noch etwas früher am Morgen aufbrechen sollen, doch das konnte er nicht mehr ändern. Nun, er würde seinen Weg über den Kneiphof nehmen, um ihn abzukürzen. Vielleicht konnte er ja eine kurze Rast ...

Zuflucht

Und dann sah Georg den ersten Menschen seit den letzten vergangenen Stunden. Für einen Moment fragte er sich, ob er fantasierte, denn er spürte sein Gesicht und seine Beine schon fast nicht mehr, es schien allein ein Mechanismus, der ihn trieb. Doch dieser Mensch, der da eben mit sichtlicher Anstrengung vor seinen Augen in Erscheinung trat, war echt. Er war in einen großen Umhang gehüllt, aber sein Kopf war wie der von Georg ohne Bedeckung. Und in diesem Moment erblickte dieser wohl auch ihn. Er winkte. Georg war, als würde er die letzten Meter fliegen.

Wenige Augenblicke später sank er auf einer der Bänke des Königsberger Doms nieder, die Worte und tiefe Stimme des kräftigen Glöckners noch im Ohr, als wären sie himmlische Musik: „Nur herein, egal ob Sie ein Kaufmann oder Tagelöhner sind. Das Haus des Königs aller Könige steht allen offen!"

***

Mit dem Einbruch der Nacht hatte sich der Sturm gelegt. Es hatte eine ganze Weile gedauert, bis Georg wieder durch und durch warm geworden war. Natürlich war Agnes in großer Sorge gewesen. Sie hatte ein gutes Herdfeuer gemacht und ihm mit heißem Wasser die Füße gewaschen. Er konnte es kaum erwarten, die warme Suppe, für die sie sogar ein paar winzige Stücke der würzigen Räucherwurst geopfert hatte, zu genießen. Er fühlte sich königlich reich und sehr wohl. Nach dem Essen überfiel ihn schlagartig eine schwere Müdigkeit. Doch bevor sie schlafen gehen wollten, bat er Agnes noch, ihm sein Notizbuch und den Federkiel an den Küchentisch zu bringen.

Unter dem Datum des Jahres 1623 notierte er: „Gewaltiger Wintersturm. Beschwerlicher Weg nach Hause." Darunter schrieb er ein paar Worte aus dem 24. Psalm:

> *Die Erde ist des HERRN und was darinnen ist, der Erdboden und was darauf wohnt. Denn er hat ihn an die Meere gegründet und an den Wassern bereitet. Wer wird auf des Herrn Berg gehen, und wer wird stehen an seiner*

heiligen Stätte? ... Machet die Tore weit und die Türen in der Welt hoch, dass der König der Ehren einziehe! Wer ist derselbe König der Ehren? Es ist der HERR Zebaoth; er ist der König der Ehren.

Dann fielen ihm die Augen wie von selbst zu und Agnes schob vorsichtshalber ihren Arm unter den seinen, als sie zu ihrer Kammer hinaufstiegen. Was war sie glücklich, dass er heil nach Hause gekommen war! Er drückte ihr einen Kuss auf den Scheitel und lachte. „Aber ein so ganz alter Mann bin ich noch nicht, oder?"

Einsamkeit

Der Kaufmann Sturgis wanderte in dem Saal umher, hinter dem seine Präsentierstube lag, in der er für gewöhnlich Kaufmannskollegen und Geschäftspartner empfing, wenn er in speziellen Fällen darauf Wert legte, dies außerhalb seines Kontors zu tun. Verärgerung machte sich in ihm breit. Am Vormittag war ihm endgültig ein Geschäft entglitten, dem er wochenlang auf der Spur gewesen war und das ihn viel Mühe, vor allem aber gesellschaftliche Anstrengung gekostet hatte. Er scheute diese und wusste auch, warum. Die Patrizier konnten ihn nicht leiden. Sein Familienstammbuch war nicht voll gespickt mit ehrwürdigen Namen, so wie die ihren. Er hatte sich emporarbeiten müssen, die goldenen Münzen waren in seiner Wiege nicht zu finden gewesen – wohl aber Hartnäckigkeit. Mit viel Fleiß und dem Glück, ein paar gute Handelsabschlüsse zur richtigen Zeit getätigt zu haben, hatte er es dennoch zu beachtlichem Wohlstand gebracht und konnte, was das anbetraf, ihnen allen schon lange das Wasser reichen.

Er gehörte zu ihrem Stand zumindest dem Reichtum nach und das musste er ihnen begreiflich machen. Er war nun einmal nicht mehr zu übergehen und schon gar nicht zu übersehen. Dass ihm der Platz verweigert worden war, auf den er so lange ein Auge geworfen hatte, um sich ein Haus darauf zu errichten, das seinem Vermögen entsprach, nahm er dem Rat der Stadt bis heute übel. Nur musste man ja immer freundlich tun, um dessen Gunst nicht zu verlieren – und genau das erregte seinen Unmut. Er hasste es, Kratzfüße zu machen und sich anzubiedern. Und wenn dann, wie vor ein paar Stunden, doch nur eine Niederlage dabei herauskam, konnten die Pferde mit ihm durchgehen. Meist hielt er seine Wut einigermaßen im Zügel, bis er daheim war, doch dann? Nun! Knechte und Dienstmägde gab es genug. Sogar Hausdiener und Köchinnen – was machte es schon, wenn er in seinen Zornesausbrüchen den einen oder anderen von ihnen in hohem Bogen hinauswarf! Die normale Bevölkerung schwamm in diesen Zeiten nicht gerade in fettem Öl und es wurde immer Arbeit gesucht.

Abgesehen davon: Das war noch etwas, was seiner Laune keinerlei Aufschwung verlieh. Diese Hungerleider, die sich für seinen Geschmack viel zu nahe in seiner Nachbarschaft befanden. Denn eines der Roßgärter Armen- und Siechenheime lag so, dass dessen Bewohner stets an seinem Haus vorbeikamen. Das Heim grenzte an ein Stück Land, über das ein Weg in die Stadt führte. Weil dieser Weg eine Abkürzung bedeutete, wurde er immer von den Armenhäuslern genommen, wenn sie Besorgungen machten. Aber er mochte nun einmal ihren Anblick nicht täglich vor Augen haben. Es war schon schlimm genug, dass sie so lebten; was musste es einem dauernd vorgeführt werden? Im vorigen Jahr hatte er das Wiesenstück vor seinem Haus kurzerhand gekauft und im Frühjahr daraus einen Park anlegen lassen. Nun umgab ein Zaun den Grund, den er mit einem großen, reich verzierten Tor auf der Vorderseite hatte abschließen lassen, der Repräsentation halber. Dagegen führte nur ein kleines, unscheinbares Türchen zu seinem rückwärtigen Hausgarten, von dem aus er selbst unauffällig sein Grundstück verlassen und schnell zu Fuß in die Stadt verschwinden konnte.

Natürlich war ihm sofort zu Ohren gekommen, dass die Armenhäusler sich bitter beklagt hatten über diese neuen Umstände. Der Umweg, den sie ab jetzt nehmen müssten, sei für die meisten von ihnen nun viel zu lang und beschwerlich! Er hatte nur gelacht, als man ihm dies vor einigen Wochen alles vorgetragen hatte. Nun, mit der Beschwerde waren sie wohl gerade richtig bei diesem Pfarrer, der seit Neuestem in der kleinen Kapelle hinter dem Gelände der Hungerleider residierte, die sich zwar schon Kirche nannte, aber doch eigentlich keine war. Ha!

Doch selbst die Bitten einiger angesehener Bürger, den Weg wenigstens für die Alten und besonders Fußkranken freizugeben, beschied er ablehnend. Würden sie etwa dieses Gesindel täglich auf ihren Grundstücken sehen wollen? Nein! Er blieb dabei: Der Weg ging von nun an draußen vorbei. Sollten sich diese Menschen doch nicht so haben!

In regelmäßigen Abständen gab er etwas für die Mittellosen und Kranken; das konnte jedermann nachlesen. In keinem Jahr fehlte sein Name auf den öffentlichen Listen der Spender. Und als ob dies nicht genug des Beweises für seine Großzügigkeit war, lud er diese Leute auch noch in sein Haus ein, wenn sie alljährlich an den Adventssonntagen in Begleitung des Kirchenchores in einem langen Zug durch die Stadt zogen und vor den Häusern ihrer Wohltäter sangen. Dieser Dank wog natürlich keinen Bruchteil dessen auf, was er es sich kosten ließ, diese Leute zu bewirten. Außerdem war der Gesang für sein Urteil manchmal reichlich dünn und schief und klang nicht sehr erhaben. Genauso jämmerlich eben wie diese Gestalten. Doch er ließ sich nicht lumpen, wenn sie bei ihm einkehrten. Er tischte ihnen die erlesensten Speisen auf, deren Namen sie nicht einmal kannten, und ließ sein ganzes Haus weihnachtlich ausstaffieren. Was also verlangten sie noch von ihm?

Sturgis' Blick blieb an seinem Porträt hängen, welches er vor wenigen Monaten für einen stattlichen Betrag von einem Maler hatte anfertigen lassen. Wenigstens sah er auch stattlich aus, wie er so dastand und aus dem kunstvoll gefertigten Rahmen sah, selbstsicher und stolz. Für den nächsten Sonnabend hatte er zu einem vorweihnachtlichen Empfang geladen; dieser war von höchster Wichtigkeit, was seine gesellschaftliche Akzeptanz anbetraf. Ach, er hasste es! Doch möglicherweise ließe sich auch kurz vor Ende des Jahres noch ein gutes Geschäft herausschlagen, bevor die Bilanzen gemacht wurden, und darauf spekulierte er auch bei diesen Gelegenheiten. Man musste immer auf der Hut sein!

Es musste alles noch geschmückt werden. Warum war eigentlich nicht schon längst etwas davon zu sehen? Das Haus war still, zu still. Er lauschte angestrengt. Aber da war nichts. Es war alles wie immer. Wie immer – nichts. Niemand. Das Zimmer war dunkel. Dunkel und still. Wenn er ehrlich war,

war es unerträglich still. Unheimlich still. Er begann wieder, auf und ab zu gehen.

Dann nahm er für ein paar Momente an seinem mächtigen Tisch Platz und ließ seinen Blick an den Wänden entlanggleiten. Draußen schneite es, was sogar durch die gewölbten Buntglasfenster zu erkennen war. Seit diesem Sturm vor vierzehn Tagen hatte der Winter Stadt und Land nicht mehr losgelassen. Es war empfindlich kalt und auch hier drinnen war es kühl, zu kühl. Genauso unerträglich kühl, wie es unerträglich still war. Er spürte, wie ein leichtes Schauern über seinen Nacken fuhr, dann straffte er seine Schultern und erhob sich wieder.

Diese ungeheure Ruhe im Haus erregte seinen Verdacht und ließ seinen Ärger wegen des verpatzten Geschäftes und wegen der Armen erneut aufflammen. War er etwa für einen Moment rührselig gewesen? Er, Sturgis?

Dieser Reglosigkeit, die im ganzen Haus zu herrschen schien, musste er unverzüglich auf den Grund gehen. Nichts lief von allein, wenn man sich nicht selbst kümmerte. Was war er nur von einem Haufen von Taugenichtsen umgeben! Das Siechenhaus war dort draußen und nicht hier drinnen. Hier gab es etwas zu tun! Er erhob sich und ging entschlossenen Schrittes zur Tür.

Weder die Köchin noch den Hausdiener musste er hinauswerfen. Sie hatten das Haus schon vorgestern verlassen, sagte das Küchenmädchen, freiwillig. Sturgis hätte beinahe dem Mädchen geradewegs ins Gesicht geschlagen, aber irgendetwas wollte ihn davon abhalten. Als seine Hand schon verdächtig zuckte, hatte er auf einmal das Gesicht seines Porträts vor sich, oben im Saal, das ihm direkt in die Augen sah.

Er stürmte nach draußen und lief zu den Stallungen,

wo seine beiden Pferde und sein Wagen standen. Er würde anspannen lassen und für eine Stunde hinausfahren. Diesem vermaledeiten Haus entfliehen, wo einen die eigenen Bediensteten einfach so verließen und man von seinem eigenen Porträt angestarrt wurde, als wäre man noch immer ein dummer Schuljunge. Doch auch der Kutschknecht war verschwunden. Allein die Pferde dampften vor sich hin und sahen ihn aus ihren großen Augen stumm an. Sturgis griff sich an seinen Kragen und lockerte ihn. Dann sah er sich um und entdeckte die Forke. Eine Weile arbeitete er wie ein Wilder. Dann hatte er die Pferdeäpfel und das nasse Stroh mit der Mistkarre auf den Haufen befördert und frisch eingestreut. Augen und Ohren der beiden Rappen gingen während dieser Minuten unruhig hin und her, sie trafen ihren Herrn höchstselten in ihrem Stall an und seine Geschäftigkeit schien ihnen nicht ganz geheuer. Aber sie verhielten sich still. Sturgis war heftig ins Schwitzen geraten, solche Arbeit war er längst nicht mehr gewohnt. Allerdings, so registrierte er nach einer Weile, als er einige Male zwischen Stall und Mistecke hin und her gegangen war, beherrschte er sie noch – ohne nachzudenken. Wie lange war das her, seitdem er ein Junge gewesen war und als Stallbursche im Haus von Löwenicht gearbeitet hatte? Es musste ein anderes Leben gewesen sein. Aber er liebte es, bei den Pferden zu sein, und hatte sich damals so sehnsüchtig gewünscht, selbst welche zu besitzen.

Nun hatte er sie. Sie und noch viel mehr. Ein Haus, das sich wahrhaftig sehen lassen konnte. Speicher, die gefüllt waren, und Bücher voll schwarzer Zahlen.

Ohne Zweifel, er war das geworden, was er sich irgendwann geschworen hatte: ein reicher Mann. Doch das war es auch schon. Sonst fühlte er nichts mehr von dem schlichten Glück seiner Knabenzeit in den Pferdeställen und unter den Handwerkern der Hansestadt.

Er knüpfte sein weißes Tuch vom Hals und wischte sich die Stirn. War er etwa gerade zum zweiten Mal an diesem Tag rührselig geworden? Was sollte das?

Er stopfte das Tuch in seine Rocktasche und fuhr den beiden Rappen über die Nüstern.

„Bis morgen!", hörte er sich sagen und erschrak ein wenig über den Klang seiner eigenen Stimme. Irgendetwas war an der Zeit, geändert werden zu müssen, dachte er. Wenn er nur wüsste, was.

Er verließ Stall und Pferde und stapfte zurück zum Haus. Zuallererst würde er sich jetzt das Küchenmädchen vorknöpfen. Vielleicht würde es ihm helfen können, neues Personal zu finden. Er brauchte eine neue Mamsell und einen Hausdiener. Unmöglich würde er sich am Sonnabend vor seinen Handelskollegen und den Ratsherren blamieren können, indem der Empfang nur mittelmäßig ausfiel. Diese Freude würde er ihnen bestimmt nicht gönnen! Niemals!

Sturgis betrat durch einen Seiteneingang die riesige Diele. War denn niemand imstande, hier ein Licht anzuzünden? Wo musste er nur nach diesem Küchenmädchen suchen? Als wäre es nicht schon genug, fiel ihm genau in diesem Moment ein, dass am Sonntag bereits auch der vierte Advent war, an dem für gewöhnlich der Kirchenchor und die Armenhäusler auftauchten und bewirtet werden mussten. Also musste unverzüglich etwas getan werden.

Er holte Luft. „Babette!" Der Hall war schauerlich. „Oder wie du auch immer heißt!"

„Ida, Herr Sturgis", hauchte das Wesen, das wie ein Flaschengeist urplötzlich erschienen war, während es einen so tiefen Knicks machte, dass er schon befürchtete, es ginge ganz zu Boden.

Hatten sie hier denn alle Angst vor ihm?

Freude

Georg lächelte. Er blickte auf den jungen Mylius und fühlte sich ein bisschen zurückversetzt in seine eigene Zeit als Student. Die Stimme des Jungen war sehr hell, noch sehr unverbraucht und voller Leidenschaft.

„Herr Pfarrer, sie weigern sich! Alle die Jahre hätten sie es gemacht, sagen sie, aber nun? Da der Weg so abgeschnitten sei und alles so streng verschlossen? Für immer! Kein einziges Mal mehr habe Sturgis Erbarmen gehabt und sein Tor geöffnet, dabei hätte keiner von ihnen jemals den Mann auch nur im Geringsten belästigt, wenn sie an seinem Grundstück vorübergegangen seien. Und nun sollen sie so tun, als wäre alles wie immer und singen ... ihm zum Dank?" Mylius holte Luft, während seine Augen von Georg weggingen und irgendwo auf dem Fußboden hängen blieben.

„Und?" Georg lächelte den jungen Kirchenchorleiter an, als dieser wieder aufblickte.

„Nun ... ich bin auch etwas ratlos. Ich meine, es ist nicht so, dass ich diese Menschen nicht verstehen könnte, und was man so sagt von diesem Sturgis … er soll nicht sehr beliebt sein und manchmal sehr hartherzig zu seinen Hausleuten." Mylius' Blick ging wieder nach unten.

Georg überlegte schon, ob etwa zu viel Schmutz oder sonst etwas Ungebührliches auf dem Boden liegen könnte, und wäre beinahe in Lachen ausgebrochen. Doch dann bemerkte er, wie der Junge seine schönen weißen Hände ineinanderpresste und Luft holte, als wolle er seine Rede fortführen. Aber er atmete nur tief aus.

Georg schwieg weiter und wartete eine Weile ab. Dann erhob er sich und trat hinter seinem Schreibtisch hervor, um dem jungen Mann nicht das Gefühl zu geben, als säße er bei einem Verhör. Er trat an dessen Seite und legte ihm seine Hand auf die Schulter. „Und nun denken Sie, und vielleicht nicht nur Sie, sondern auch der Kirchenchor und die Leute aus dem Armenheim, man könnte doch einfach mal in diesem Jahr das Singen bei Sturgis ..."

„Tatsächlich, das denke ich, Herr Pfarrer, ich und auch die anderen!" Mylius sprang auf. „Ich, also wir dachten, man könne es einmal in diesem Jahr ausfallen lassen – das verschlossene Tor ist doch ein deutliches Zeichen, dass ... und zudem, es ist niemand bereit!" Er sah nun zum ersten Mal direkt in das Gesicht seines Vorgesetzten, bevor er hastig fortfuhr: „Und außerdem, Herr Pfarrer, was sollen wir schon singen, welches Lied soll schon das richtige sein vor dem Tor dieses ... verbohrten, hartherzigen Mannes?"

Georg war während dieser Worte ans Fenster getreten und sah hinaus. Vor seinem Inneren tauchte die Erinnerung an die letzten Minuten auf, die er vor wenigen Wochen in dem fürchterlichen Schneesturm verbracht hatte, bevor der Domglöckner ihn in das sichere Gotteshaus einließ.

„Mein lieber Mylius", sagte er in die entstandene Stille seines Studierzimmerchens hinein. „Ich will Ihnen etwas erzählen. Es war am späten Nachmittag, als dieser Sturm losgebrochen war, Sie erinnern sich. Ich bin einen langen Weg gegangen an jenem Tag, wovon die letzten beiden Stunden die mühevollsten waren. Ich war verzagt und sehr erschöpft. Da hat mir, als ich schon fast nicht mehr Herr meiner Sinne war, ein einfacher Mensch eine ebenso einfache, aber sehr wahre Predigt gehalten. Eine, die ich mein Leben lang nicht vergessen werde. Sie dauerte wenige Sekunden und war nur zwei Sätze lang." Mehr sagte Georg nicht, sondern blieb gedankenversunken einige Augenblicke stehen.

„Ich denke", sprach er dann weiter, ohne sich von dem Fenster abzuwenden, „wir sollten es nicht Weihnachten werden lassen, ohne bei Sturgis gesungen zu haben. Wenn er denn nun auch hierfür sein Tor versperrt halten will, dann gilt es das zu akzeptieren."

Georg ging zurück zu seinem Schreibtisch. Das schabende Geräusch der Schublade war der einzige Laut, der in dem mittlerweile dämmrigen Zimmer zu vernehmen war.

„Und was das Lied anbetrifft, so nehmen Sie doch dieses hier."

Lange war es ganz still in der Studierstube. Diesmal war der Student ans Fenster getreten, während Georg an seinem Schreibtisch sitzen geblieben war und versonnen vor sich hinsah.

„Herr Pfarrer", hörte er dann eine leise und sichtlich bewegte Stimme. „Auch wenn dieses hier ein paar Sätze mehr enthält, haben Sie mir gerade ebenfalls eine Predigt gehalten, die ich mein ganzes Leben wohl nicht vergessen werde."

Als Carl Mylius erst viele Stunden nach diesem Gespräch durch das nächtliche Königsberg nach Hause ging, konnte er das Lied schon fast auswendig vor sich hersagen.

Macht hoch die Tür, die Tor macht weit;
es kommt der Herr der Herrlichkeit,
ein König aller Königreich,
ein Heiland aller Welt zugleich,
der Heil und Leben mit sich bringt;
derhalben jauchzt, mit Freuden singt:
Gelobet sei mein Gott,
mein Schöpfer reich von Rat.

Er ist gerecht, ein Helfer wert;
Sanftmütigkeit ist sein Gefährt,
sein Königskron ist Heiligkeit,
sein Zepter ist Barmherzigkeit;
all unsre Not zum End er bringt,
derhalben jauchzt, mit Freuden singt:
Gelobet sei mein Gott,
mein Heiland groß von Tat.

O wohl dem Land, o wohl der Stadt,
so diesen König bei sich hat.
Wohl allen Herzen insgemein,
da dieser König ziehet ein.
Er ist die rechte Freudensonn,
bringt mit sich lauter Freud und Wonn.
Gelobet sei mein Gott,
mein Tröster früh und spat.
Macht hoch die Tür, die Tor macht weit,
eu'r Herz zum Tempel zubereit'.
Die Zweiglein der Gottseligkeit

steckt auf mit Andacht, Lust und Freud;
so kommt der König auch zu euch,
ja, Heil und Leben mit zugleich.
Gelobet sei mein Gott,
voll Rat, voll Tat, voll Gnad.

Komm, o mein Heiland Jesu Christ,
meins Herzens Tür dir offen ist.
Ach zieh mit deiner Gnade ein;
dein Freundlichkeit auch uns erschein.
Dein Heilger Geist uns führ und leit'
den Weg zur ewgen Seligkeit.
Dem Namen dein, o Herr,
sei ewig Preis und Ehr.

Das Tor

Zwischen dem Siechenheim und der später prachtvollen Barockkirche am Alten Roßgarten gab es einen ausgetretenen Pfad, der mitten durch einen wunderschön angelegten Garten ging, dessen Eingang ein prächtig geschmiedetes Tor schmückte und dessen Ende durch ein schmales Pförtchen direkt der Stadt zu führte. Das „Advents- und Weihnachtsweglein" nannte man es. Das Anwesen gehörte einem mit Getreide und Fischhandel sehr reich gewordenen Kaufmann. Er war weder bei den Bürgern der Stadt beliebt noch bei seinen Angestellten. Weihnachten feierte er die meisten Jahre seines erwachsenen Lebens allein in seinem prächtigen Haus. Er wollte niemanden um sich haben, so gab er zu verstehen. In einer Kirche sah man ihn so gut wie nie. Dass man eine Bibel besaß und ein Gesangbuch, war seiner Ansicht nach der Sache genug. Er verließ sich lieber auf das, was er sah; was in seinen Geschäftsbüchern stand und in seinen Speichern lag: Waren und Zahlen mit hohem Wert. Zudem spendete er reichlich, was seiner sicheren Meinung nach den Allmächtigen dort oben schon zufriedenstellen würde.

So dachte er sein ganzes Leben lang, bis ein einziger Moment alles änderte. An einem kalten und schneereichen Adventssonntag hörte er wohl zum ersten Mal einer Predigt wirklich zu – am Tor seines eigenen Anwesens. Gehalten wurde sie von Georg Weissel. Sie dauerte nur eine Minute und sprach von der geschlossenen Tür verhärteter Herzen. Dieser so kurzen Predigt lauschte auch eine große Gruppe von Menschen: Frauen und Männer, besser Betuchte und wenig Besitzende, ja Arme. Unter ihnen eine Menge Kinder und Alte, sogar schon bereits vom Tod Gezeichnete. Als die erste Strophe des Liedes verklungen war, griff Sturgis in eine seiner Rocktaschen und beförderte einen riesigen Schlüssel zutage. Wortlos steckte er ihn in das Tor und drehte ihn um. Nur wenige Tage zuvor hatte er den unbestimmten Eindruck verspürt, dass sich etwas in seinem Leben ändern müsse, aber er hatte nicht geahnt, was das sein sollte. Nun wusste er es: Er würde sein Herz öffnen. Öffnen für das, wovon dieses Lied sang.

Zum ersten Mal feierte er wirklich. Zusammen mit diesem Pfarrer, der noch immer keine richtige Kirche besaß, der aber dieses wunderbare Lied gedichtet hatte, nachdem er bei einem Unwetter Zuflucht im Dom hatte nehmen müssen.

Und er feierte zusammen mit all den Menschen, deren Anblick ihm so lange nicht gefallen hatte. Was Weihnachten bedeutete, war ihm an diesem Tag zum ersten Mal richtig bewusst geworden.

Tor und Pforte seines Anwesens blieben fortan geöffnet und die Leute aus dem Armenhaus gingen wieder diesen altgewohnten Weg wie zuvor jeden Tag.

Zum Hintergrund der Geschichte:

Laut Georg Weissels Aufzeichnungen dichtete er das Lied *Macht hoch die Tür,* nachdem er bei einem Unwetter im Königsberger Dom Zuflucht genommen hatte, in den ihn ein Mann mit den oben zitierten Worten einließ. Den reichen Kaufmann Sturgis gab es wirklich und auch die Begebenheit mit der Wirkung des Liedes auf ihn ist mehrfach, allerdings in unterschiedlichen Weisen, weitergegeben worden.

Mehr als zweihundert Jahre später, im Jahre 1848, wurde an der Stelle des Armen- und Siechenheims das *Krankenhaus der Barmherzigkeit* eröffnet.

Georg Weissel war kein langes Leben beschieden. Er starb 1635 mit nur fünfundvierzig Jahren. Die Altroßstädter Kirche, deren Bau er nicht mehr erlebte, wurde in den letzten Tagen des Zweiten Weltkrieges zerstört und nie mehr aufgebaut.

Rund zwanzig Lieder sind von Georg Weissel überliefert; das bekannteste ist und bleibt das Adventslied *Macht hoch die Tür,* das bis heute gesungen wird.

Es wurde 1642 in einer Sammlung für preußische Festtage abgedruckt und 1704 in das *Freylinghausen'sche Gesangbuch* aufgenommen, zum ersten Mal in der Melodie, wie wir sie heute – in leicht abgeänderter Version – kennen. Seit Mitte des 19. Jahrhunderts findet sich Georg Weissels Lied in den meisten evangelischen und ab dem 20. Jahrhundert auch in katholischen Kirchengesangbüchern.

Falk. Eine Weihnachtserzählung

1. Teil – Danzig

30. November 1782

Nach der beinahe unheimlichen Stille der vergangenen Tage begrüßten die Hanse-Bürger den Wind eher, als dass er sie beunruhigte. Schließlich war Winter. Es dämmerte bereits seit einer halben Stunde merklich und der Schlag der Glocke von St. Petri klang dumpf, als schlucke der in den Nachmittagsstunden aufgekommene Nebel ihren Schall. Johannes beschleunigte seinen Schritt, als er bemerkte, dass die Uhr schon die fortgeschrittene Zeit anzeigte. Wieder war er zu spät! Doch er hatte unbedingt den Weg zur Klosterkirche Schwarz-München nutzen müssen, um schnell in der Bibliothek die Bücher zu tauschen. Auch heute hatte Vater unerbittlich auf der Fertigstellung seines Auftrags beharrt. Bevor nicht die allerletzte Schlaufe geknüpft war, durfte er die Werkstatt nicht verlassen. Johannes drückte den Violinkasten fester an seine rechte Seite; das wollene Tuch, in das er die Bücher geschlagen hatte, an seine linke, und begann zu laufen. Weder konnte er den Unwillen von Gregori riskieren noch wollte er es. Aber es lief sich schlecht, wenn man so voll bepackt war, und ausgerechnet jetzt regte sich sein Magen, der ihn an die Schmalzstulle erinnerte, die Mutter ihm eilig geschmiert hatte. Sie lag wohl noch auf dem Fenstersims neben der Eingangstür. Er fühlte Ärger in sich aufsteigen. Die kalte Luft stach in seinen Lungen, aber das musste er aushalten, wie so vieles – er fragte sich nur, wie lange er dazu noch bereit war.

Wenige Minuten später schlüpfte er durch die wuchtig beschlagene Eichentür des Gotteshauses, die laut hinter ihm zuschlug, als wolle sie protestieren. Hätte er sie leiser schließen wollen, wären entweder die Violine oder die Bücher zu Boden gefallen. Kaum war er da, verflog der Ärger über die Mühe der letzten Stunden und nur noch sein keuchender Atem war Zeuge seiner Hast, mit der er, wie so oft, hier ankam.

„Nun, da bist du ja!“ Gregoris Stimme klang hörbar heiter.

Johannes überfiel ein Gefühl von Erleichterung, als sich, fast am Ende des langen Ganges, der Rücken des Musiklehrers aus dem Halbdunkel abzeichnete. Er genoss förmlich das Zischen des Kienholzes, das Gregori entzündete und damit in wenigen Sekunden das warme Licht einer der dicken Kerze aufflackern ließ. Johannes lächelte in das Gesicht seines Lehrers und schob den Lederriemen mit dem Instrumentenkasten von seiner verkrampften Schulter. Sooft er auch über die Pflicht zornig war, die ihm sein Vater früh aufgebürdet hatte – dass er ihm den Violinunterricht bei Gregori hier in der Klosterkirche ermöglichte, stimmte ihn immer wieder dem Familienoberhaupt gegenüber versöhnlich.

Johannes’ Familie gehörte den Reformierten an und die Vorfahren seiner Mutter waren hugenottische Glaubensflüchtlinge gewesen, doch sein Vater focht keine Glaubenskriege aus. Der Herr müsse in erster Linie in den Herzen der Menschen zu finden sein, sagte er, und erst durch sie käme er in die Gotteshäuser. Oder eben nicht.

Johannes liebte das Spiel auf seiner Geige. Wenn er hörte, wie ihre klaren Töne in der Luft eines Gebäudes wie diesem hier Raum nahmen, war ihm, als wüchse er mit ihnen. Als wüchse er hinaus aus der Enge der väterlichen Werkstatt über die Grenzen, die seiner Neugier und Sehnsucht nach Bildung und Ferne gesetzt waren. Es war ihm, als wüchse er fort von dem häuslichen Eifern nach Rechtschaffenheit und Heiligung. Dabei waren die Eltern und ihre Vorfahren schon immer eigenständig denkende, unabhängige Köpfe gewesen! Sie stammten aus traditionsreichen, gebildeten und kunstbegabten Familien. Mit Reichtümern waren sie nicht ausgestattet, aber von dem, was man zum täglichen Leben brauchte, hatten sie genug. Großvater hatte ihm Französisch-Unterricht gegeben und Johannes hatte die Sprache seiner Vorfahren schneller gelernt als viele seiner Altersgenossen. Umso unverständlicher war es für ihn, dass er bereits mit zehn Jahren die Schule hatte verlassen müssen, nur um Vaters Lehrling zu sein. Das Leben war ungerecht und dagegen begehrte er auf! Es musste einen Weg geben, noch mehr und weiterlernen zu dürfen. Das Geigenspiel, das war ihm klar, war wie ein Markstein dorthin. Es machte ihm nicht nur Freude der schönen Musik wegen; nein, es lag eine Art verborgener Macht darin. Eine, die Flügel verlieh, seiner Seele und seinem Geist, und die sich in seinem noch recht schmalen, vierzehnjährigen Knabenkörper wie eine Kraft anfühlte, mit der man an die Sterne rühren konnte.

„Stecken deine Gedanken noch oder schon wieder in diesem hier?" Gregori lachte und zeigte mit der Spitze seines Bogens auf das unförmig aussehende Paket, das sich in dem Wollschal verbarg und das sein Zögling vorhin mit auffallender Behutsamkeit auf dem verzierten Holzstuhl abgelegt hatte. Er wusste Bescheid um Johannes' üblichen Gang in die Bibliothek, den er nach Möglichkeit immer auf dem Weg zur Probestunde machte. Die Bücher bedeuteten, wie die Musik, geistige Überlebensnahrung für den Jungen und er wusste um den Kampf, den er um seinen Lesestoff ausfechten musste.

„Nein, nein, ich bin ganz hier, ich dachte nur eben ..."

„Was dachtest du? Raus mit der Sprache!"

„Ach nichts, ich dachte nur, es wird wohl den ersten Schnee geben zu Advent – der Wind, habt Ihr ihn gehört? Er kommt eindeutig von der See her!"

Johannes spürte an dem herzhaften Strich, mit dem ihm Gregori durch die Locken fuhr, dass der Lehrer seiner ausweichenden Antwort keine weitere Frage folgen lassen würde. Er war ihm dankbar dafür. Unwillkürlich hatte Gregoris heitere Art, mit ihm umzugehen, einen lustigen Gedanken seinem Gehirn entlockt: Auch Geistliche konnten auf ziemlich überzeugende Weise so tun, als seien sie mitunter zu dumm für die Wahrheit. Wie geschickt!

„Los, fangen wir an, du weise Schneeeule, du!"

Johannes lächelte breit. Er war selig, diesen Menschen zu haben. Er würde genau solche brauchen, die seinen Bildungshunger erkannten und ihn förderten.

Dann würde er nicht aus dem Elternhaus fliehen müssen, wie er es schon oft vorgehabt hatte, würde nicht auf einem der großen Segler anheuern, sondern hierbleiben können, wo es Gymnasien und Lehrer gab. Er würde der Mutter treu bleiben und der Horde der kleinen Geschwister – und wenn er sich die Finger wundstechen sollte. Aber lernen wollte und musste er!

Irgendwann würden sie ihm doch erlauben, alle Bücher zu lesen, die ihn interessierten, und zu studieren. Vielleicht müsste er so lange konzentriert dem Vater zur Hand gehen, bis er diesen überzeugt hatte, dass er ein guter Sohn war, der nur einfach keinen Sinn darin sah, ein Leben lang als Perückenmacher zu arbeiten. Niemals wäre er bereit, diesem Beruf nachzugehen! Er fragte sich ohnehin, wie lange die Herren und Damen der hohen Stände sich so ein Ding noch auf den Kopf setzen wollten, wenn sie selbst noch genügend eigenes Haar hatten. Aber nun gut; sein Vater lebte davon, und was das betraf, sollte es sich wohl auch nicht ändern.

Johannes und der Lehrer rückten die Notenpulte, so nahe es ging, an die schmiedeeisernen Kerzenleuchter heran. Das Licht musste für das Notenlesen reichen und außerdem hatte man so den Eindruck, sich etwas mit gegenseitiger Wärme zu versorgen.

Die Übungsstunde war wunderbar. Sie wagten sich zuerst an den langen Mozart, dem folgte das Werk von einem unbekannten italienischen Komponisten, bevor sie sich an die geistliche Messliteratur machten.

Als sie zum Abschluss zweistimmig Weissels Adventslied, das er so liebte, in das gotische Bogengemäuer spielten, war Johannes zumute, als würden sich tatsächlich Tore auftun und verrostete Türschlösser öffnen, damit endlich die hinter ihnen liegenden Geheimnisse preisgegeben würden. *Herrlichkeit!* Bedeutete das nicht Erkenntnis, Größe, berauschende Schönheit und Freude!? *Herrlichkeit!* Das klang nach Vogelflug und Freiheit! Und demnach müssten Gnade und

Freiheit von Schuld auch Herrlichkeit sein. Oder hatte er es am Ende doch nicht richtig verstanden?

„Du träumst schon wieder!"

Diesmal lächelte Johannes nicht in das Gesicht seines Lehrers, als dessen Stimme ihn zurückholte in die empfindlich kalte Wirklichkeit des mächtigen Gebäudes, wo eben noch der letzte Ton ihrer beiden Streichinstrumente gehangen hatte. Er blickte Gregori einfach nur an; dieser wiederum hielt den Augen seines Schülers stand. So lange, bis er sah, dass sie zu schwimmen begannen. Im Schein der Kerzen verstärkte dies ihren Glanz nur umso mehr.

„*Heil und Leben,* vergiss das nicht, mein Junge. Nur weil es Heilung für das verwundete Leben der Menschen gibt, feiern wir Advent. Und nur deswegen wird es auch in diesem Jahr wieder eine neue Christnacht werden."

Johannes schluckte und wich den Augen Gregoris aus, dem jedoch nicht entgangen war, dass die Lippen seines Schülers zitterten. Versonnen fuhr er ihm noch einmal, wie vor einer knappen Stunde schon, stumm durch die wilden Locken. Als die immer noch ungebrochene Stimme des Jungen mit einem hellen „Ja!" durch die Stille drang, war es der erfahrene Pädagoge, der für einen Moment um Fassung rang. Er legte den Kopf in den Nacken und sah in das Dunkel des Kirchenschiffs. Es schien ihm endlos weit. Was würde man denn schon in der Welt noch erwarten wollen, wenn nicht ein so klares *Ja!* wie dieses über ihr stünde, sagte er zu sich selbst. Dann fuhr er sich mit dem Handrücken kaum merklich über das Gesicht.

Gregori war eines längst klar geworden: Man vermochte im Umgang mit dem kleinen Falk nie eindeutig zu sagen, wer denn nun wen etwas lehrte – er den Knaben oder der Knabe ihn.

Spätsommer 1787

Johannes war nicht schnell genug gewesen. Wie hatte er nur so unaufmerksam sein können und sich sicher wähnen! Der dumpfe Schmerz in seinem Oberarm ließ nicht nach und er spürte deutlich, dass die brennende Stelle an seinem rechten Rippenbogen verdächtig warm geworden war – und feucht. Wie er sich an Mutters scharfen Blicken vorbeischmuggeln sollte, wusste er noch nicht. Am besten wäre es vermutlich, sich gleich zu stellen. Er würde ihre Hilfe brauchen, der Schaden am Hemd war nicht lange zu verbergen. Es sei denn, es gelänge ihm, Adelgunde abzufangen. Wenn der Zufall es wollte, könnte sie gerade auf dem Nachhauseweg vom Markt sein, so hoffte er zaghaft. Sie war den Geschwistern immer zugeneigt, weniger feurig als die Mutter, aber auch ihre Rüge würde nicht allzu sanft ausfallen, so viel war sicher.

Dabei konnte er nichts für dieses Missgeschick! Er hatte sich einfach mit seinem Nebensitzer messen müssen. Wenn er schon sein scharfes Mundwerk und seine spitze Feder nutzte, war er auch nicht feige, wenn es handfester zur Sache ging – nach der Schule. Er hatte es einfach satt, sich von gelackten Patriziersöhnen herablassend behandeln zu lassen, die kaum Lerneifer an den Tag legten und nur selten fehlerfreie Deklinationen zustande brachten. Sie mussten keinen einzigen Finger dafür krümmen, dass sie ihre seidenen Hosenböden auf den Bänken blankscheuern durften. Die Taler rollten ohne Anstrengung aus den Beuteln ihrer einflussreichen Familien. Er dagegen war darauf angewiesen, dass genau solch hochgestellten Bürger der Stadt seinem Vater Schulgeld zukommen ließen, damit er, Johannes, gnädigerweise zur Schule durfte. Ja, er war nur ein Handwerkersohn, aber wer meinte, Handwerker würden über ein geringes Denkvermögen verfügen, bescheinigte sich selbst ein solches.

Johannes spürte, wie die Wut schon wieder in ihm hochkroch. Erneut hatte er heute die Rhetorik-Lektionen nur der Spur nach verfolgen können, da der junge Krüger ihm den Blick in das Lehrbuch mit allen Mitteln erschwerte. Die List, mit der er das tat, war allerdings zu niedrig, um sie als List zu bezeichnen. Doch leider war sie wirkungsvoll und deswegen umso schlimmer. Denn immer, wenn der Lehrer in ihre Nähe kam oder zu ihnen beiden hinübersah, schob Christian das Buch zu Johannes; kaum aber war der Blick des Lehrers abgewandt, zog er den Band wieder zurück unter seine eigene Nase. Dabei erledigte Christian nur gelangweilt seine Schulpflicht, damit er eines Tages das Handelshaus seines Onkels übernehmen konnte, wozu er jedoch keinerlei Lust verspürte. Während er, Johannes, alle Möglichkeiten ausschöpfte, um zu lernen, was nur geboten wurde. Doch heimgezahlt hatte er es Krüger und sich dem Kampf gestellt. Nun blieb ihm nur eine gute halbe Stunde Zeit zur Verfügung, dann würde es weitergehen mit den Nachhilfestunden für die jüngeren Schüler der Petri-Schule. Jeder Kreuzer, den sie ihm einbrachten, war wie ein kleiner Sieg für ihn. Ohne sie wäre der Schulbesuch immer in Gefahr.

Allerdings war die kostbare Zeit, die ihm durch die Nachhilfestunden fehlte, nur aufzuholen, indem er seinen Schlaf opferte. Die Nächte während der Woche dauerten für ihn meist nur noch vier bis fünf Stunden, ehe er als Erster im

Haus gegen Morgen das Talglicht entzündete oder es weit nach Mitternacht als Letzter löschte. Er war nur froh über den gesunden Schlaf seines Bruders, allerdings auch manchmal verwundert. Er selbst war viel zu tief in seinen Gedanken, als dass er schlummern konnte wie ein Bär im Winter, aber in Carls Fall kam ihm das sehr gelegen. Nicht weniger vorteilhaft war die Tatsache, dass der siebzehnjährige Bruder ihm sogar die meisten seiner Talglichtrationen freiwillig überließ. Selbst bei den drei jüngeren Geschwistern hatte er die Kerzen zusammengeschnorrt. Allerdings kostete ihn das etliche Glasmurmeln und ähnliche Schätze, damit sie ihn nicht bei Vater verpfiffen; ja sogar den einen oder anderen Hefekuchen hatte er dafür schon geopfert. Bei dem Gedanken überfiel ihn der Appetit. An die ebenfalls noch ausstehenden zwei Stunden Werkstatt mochte er noch gar nicht denken.

„Johannes, warte!"

Es waren eindeutig Augusts Stimme und dessen Schritt auf dem Kopfsteinpflaster. Johannes fragte sich, von wo der Kleine so plötzlich aufgetaucht war. Es gab keine noch so schmale Seitengasse entlang der letzten fünfzig Meter, nur Giebelfront an Giebelfront standen hier die Häuser. Johannes verlangsamte seinen Schritt kein bisschen, das gestattete die Zeit nicht und außerdem war der Kleine flink genug.

„Nun warte doch!"

„Autsch!"

Mit dem letzten Laufschritt war August förmlich an Johannes' Seite geflogen. Dummerweise an die schmerzende.

„Was hast du?"

Statt einer Antwort riss Johannes die Augen auf und schnitt eine Grimasse.

„Du hast dich geprügelt?" In Augusts Stimme schwangen mehr Abenteuerlust und Bewunderung als Mitleid. „Das darf man nicht!"

„So? Aber manchmal muss man es!"

„Nun sag schon, weswegen? Wegen eines Mädchens?"

Auf den Stoß in den Rücken war der Kleine nicht gefasst gewesen. Er stolperte und wäre fast auf die Straße gefallen, wenn Johannes ihn nicht mit einem schnellen Griff bei der Jacke gepackt hätte. Das trug ihm allerdings einen erneut heftig stechenden Schmerz im lädierten Arm ein. Gut, das mochte diesmal die gerechte Strafe sein.

„Nein, du kleiner Lausebengel, nicht wegen eines Mädchens, was sind schon Mädchen – es war wegen höherer Dichtung."

„Du hast neue Verse gemacht? Und deswegen hast du dich geprügelt? Wie heißen sie? Trägst du sie mir vor? Bitte!"

„Was glaubst du? Habe ich nicht gerade von höherer Dichtung gesprochen? Die verstehen Tertianer noch nicht!"

Natürlich protestierte August heftig, was auch sonst. Er wäre nicht sein Bruder, er wäre nicht der Sohn seiner Mutter und nicht der Enkel von Großvater Chaillou gewesen. Eines war ihnen allen gemeinsam: Feuer, Kampfgeist und eine ungeheure Sehnsucht nach Gerechtigkeit. Johannes liebte den Kleinen. Er kam ihm beinahe so vertraut vor, wie er bisher nur mit sich selbst vertraut war. August war lustig, hatte mitunter ein etwas zu loses Mundwerk, was ihm manch elterliche Strafe eintrug. Seine Lebensneugierde jedoch ließ die Folge der Sanktionen meist schnell in den Hintergrund treten und er arrangierte sich eben anders, um zu erreichen, was er wollte. Irgendetwas fiel ihm immer ein.

„Nun los, ich will die Verse hören oder gib sie mir zu lesen!"

Mittlerweile waren sie schon in die Nähe des elterlichen Hauses gelangt. Über ihrem gemeinsamen Weg hatte Johannes keine weitere Zeit mehr gehabt, darüber nachzudenken, wie er das Malheur mit seiner Verletzung und dem verschmutzten Hemd verbergen konnte. Dabei lag die Lösung wohl näher, als er dachte.

„Bleib stehen!", raunte er August zu.

Die Neugierde sprang förmlich aus dessen dunklen Augen. Johannes grinste verschwörerisch. Er nestelte mit der Hand des unbeschädigten Armes in der Hosentasche, förderte ein Papierknäuel zutage und streckte es August hin. Der zögerte keinen Augenblick und ließ es in einer seiner Fäuste verschwinden.

„Du kannst es behalten, wenn du mir hier an Ort und Stelle versprichst, dass du dich nach dem Zubettgehen heute Abend nochmals in meine Kammer schleichst und mir hilfst, das hier zu versorgen."

Er lüftete seine rechte Jackenseite, schob das wollene Wams vorsichtig ein Stück nach oben und entdeckte gleichzeitig mit August die Bescherung: Ein hellroter Fleck prangte lang und oval auf dem leinenen Hemd und klebte deutlich über eine Länge von mehreren Zentimetern an Johannes' Haut. Wer von beiden den jeweils anderen erschrockener anstarrte, war kaum zu sagen. Aber August fand als Erster die Sprache wieder. „Uihhh!", blies er durch die Lippen und sah auf die Faust, in der er Johannes' Papierknäuel umschlossen hielt. „Dann muss es sehr hoch gedichtet sein!"

Johannes lachte lauthals. Diese Bemerkung des kleinen Bruders war zu köstlich. Sie ließ ihn den Schmerz einen Augenblick vergessen.

„Na los, lies es mir noch einmal vor, am besten, so laut du

kannst, sollen sie es doch meinetwegen alle hören. Kindern und Narren ist es erlaubt, die Wahrheit zu sagen!"

Johannes beobachtete den Bruder, während der das Papier erstaunlich flink entfaltete. Ha! Das waren die Finger eines Perückenmachersohnes, eines hart arbeitenden Handwerksmeisters, der zur Geldkraft dieser stolzen Hansestadt genauso seinen Beitrag leistete wie die, die diese Perücken dann hoch erhobenen Hauptes trugen!

Er lachte August aufmunternd ins Gesicht und dieser begann zu lesen. Das erste Mal etwas gebrochen und langsam, dann ein zweites Mal flüssig und verblüffend stilsicher:

Oh, welch ein Zopf! Wie wunderschön
wächst er an deinem Köpfchen!
Ja, gegen diesen einz'gen Zopf
sind alle Zöpfe Zöpfchen.
Du Zopf von aller Zöpfe Zopf,
sprich, hat dein Herr auch was im Kopf?
Ich zweifle, liebes Zöpfchen![1]

Er blickte den großen Bruder erst etwas ungläubig und dann deutlich belustigt an, während Johannes jetzt sehr eilig zum Weitergehen trieb.

„Das ist nun sehr hohe Dichtung – und ... weswegen?"

Johannes grinste zurück: „Ja, sie ist hoch, sehr hoch, weil ich sie für einen der höchsten Söhne der Stadt höchstpersönlich gedichtet habe."

„Und dafür hast du Prügel bekommen."

---

1 Falk, Rosalie: *Johannes Falk. Erinnerungsblätter aus Briefen und Tagebüchern, gesammelt von dessen Tochter.* Weimar 1868, S. 13. Zitiert bei Demandt, Johannes: *J.D. Falk. Sein Weg von Danzig über Halle nach Weimar (1768-1799)*, AGP 36, Göttingen 1999, S. 40.

„Nicht nur, auch Bewunderung und zustimmendes Gelächter, selbst vom Doctorius!"

August zog fragend die Augenbrauen hoch, was dem neunjährigen Kindergesicht einen noch pfiffigeren Ausdruck verlieh.

„Du willst wie immer alles wissen, was? Krüger sitzt in der Bank neben mir und ich habe ihm die hohe Dichtung direkt ans Haar geknüpft."

„Die anderen fanden es lustig, nur er nicht, und nach dem Unterricht haben Krüger und seine Vettern dich in die Zange genommen, stimmt's?"

„So wahr das ist, mein schlaues Brüderchen!"

August schob sich rasch vor Johannes und zog an dem schweren Riegel des Hoftors, als müsse er dem Großen schon hier zur Seite stehen.

„Aber Christians Vater ist einer von Vaters besten Kunden", flüsterte er nach hinten gewandt.

„Deswegen kann ich mir solche Späße auch nur einmal erlauben. Aber ich ihm, er mir, und alle Rechnungen sind beglichen. Das ist doch die Kaufmannsregel!", raunte Johannes zurück, ehe er sich straffte und sie in die beschattete Diele traten.

Dass dennoch ein großes Stück Rechnung offen war, weil die Krügers dieser Stadt ihn wieder und wieder mit Standesdünkeln straften, wollte Johannes dem Kleinen gegenüber nicht erwähnen. Er hatte mittels seines großen Fleißes sowie der Fürsprache und Gunst einiger Förderer den Vater schließlich so weit gebracht, das Gymnasium Accademii besuchen zu dürfen. Er würde alles in Kauf nehmen, um sein nächstes Ziel zu erreichen, auch wenn er noch nicht wusste, wie dieser noch ferne Traum Wirklichkeit werden konnte: ein Studium der alten Sprachen und der Literatur.

***

16. September 1791

Ein Postwagen rumpelte über den langen Markt. Zwei junge Männer saßen darin – Freunde. Kaum dass die Examensfeierlichkeiten zum Abschluss des Gymnasiums beendet waren und für sie beide die gesonderte Verabschiedung durch die Herren Räte, Gönner und Geldgeber, verließen sie ihre Vaterstadt Danzig in südwestlicher Richtung. Ernst Erdmann, der eine, winkte heftig und rief ausgelassene Worte den der Kutsche nachlaufenden jüngeren Schülern nach, während der andere gedankenverloren der Tatsache nachhing, dass er sich nicht einmal mehr gebührend von seiner Mutter hatte verabschieden können – und genau das irritierte ihn. Er griff noch einmal in seine innere Jackentasche, der Beutel mit den Talern lag sicher.

Er verscheuchte einen weiteren, schwer aufziehenden Gedanken. Was sollte er sich hier in Trübsinn ergehen!? Eine aufregende Reise lag vor ihnen, seine Versorgung war einigermaßen sicher und die Universität in Halle war lange nicht das Schlechteste. Dass man sowohl Erdmann als auch ihn in spätestens drei Jahren als gestandene Anwärter auf ein Pfarr- oder Lehramt zurückerwartete, versuchte er weit von sich zu schieben. Wer konnte schon voraussehen, was sich bis dahin alles ergeben würde?!

Er packte seinen Freund am Wams. „Herein mit dir, du hast genug gewunken. Ich will auch noch was davon haben, bevor man uns von hier in die arglistige Welt entlässt!“

Erdmann, vom Griff des Freundes überrascht, fiel rückwärts und begrub diesen unter sich. Der Wagen schaukelte erheblich.

Johannes stützte sich mit den Ellbogen auf und prustete unter Erdmanns Gewicht. „Na, jedenfalls fängt es bei uns lustig an, im Gegensatz zum Propheten Jeremia, bei dem war der Beginn schon zum Fürchten!“

„Falk, was würde ich nur ohne deine Witze machen, aber sie werden mir ja wohl noch ein paar Jährchen erhalten bleiben!“ Erdmann grinste übers ganze Gesicht. Johannes ebenso, dann stieß er einen Schrei aus und katapultierte Erdmann mit aller Kraft beinahe zurück auf eine der Sitzbänke, aber eben nur beinahe. Da hing er nun, die Arme und Beine verrenkt, und zog ein schiefes Gesicht. Sie lachten, purzelten erneut übereinander, bis sie beide mit angewinkelten Beinen auf dem Kutschboden lagen und sich die Bäuche hielten. Es war herrlich, jung zu sein. Jung und endlich auch ein bisschen frei. Sie waren äußerst neugierig darauf, was man im Anhaltinischen so zu sehen bekäme.

2. Teil – Weimar

Dezember 1813

Die Sonne schien, als müsse sie die Menschheit von ihrem Dasein ein letztes und endgültiges Mal überzeugen. Aber sie wärmte nicht. Kaum etwas schien wirklich zu wärmen in diesen Tagen. Der Geheimrat rieb die Innenflächen seiner Hände, bis sie rot waren. Noch immer waren die Gräuel des Krieges täglich zu hören, zu sehen und fraßen an den Nerven. Darüber vermochten auch Beethovens schlachtenartige Musenergüsse, die am 8. Dezember in Bonn uraufgeführt worden waren, nicht hinwegtäuschen.

Und dazu nun seit Tagen diese klirrende Kälte – ach, sie zog und zerrte in seinen Knochen und machte ihm das Leben schwer. Allerdings verspürte er keinerlei Lust, den alten Mann zu geben, dem fortan der Winter zusetzte. Noch war er lange nicht so alt, wie Wieland es geworden war! Die respektierliche Ausdauer des alten Fuchses von einem Schwaben hatte immerhin für neunundsiebzig Jahre gereicht, also würden es für ihn doch wohl die Achtzig werden können.

Ein Lächeln stahl sich auf sein Gesicht. Der Fürst unter den Fürsten war er – und, bei allen Göttern, andere hatte dieser hoffentlich letzte Streich des kleinen Korsen wahrhaft schlimmer getroffen, während er nach anfänglicher Bedrohung mittlerweile von ihm umworben wurde. Allerdings, Napoleons rasche Gabe zur Kombination und seine äußerste Empfänglichkeit für Geistvolles hatten ihm schon gefallen. Zudem gab es offenbar etwas, womit man ihn auf erstaunliche Weise beeindrucken konnte: Das war der Mut von Frauen. Mehrmals hatte sich das bewiesen und er selbst war Zeuge davon geworden. Wenn Christiane Napoleons Vorhut bei der Besetzung Weimars nicht so mutig entgegengetreten wäre, wer weiß schon? Er hatte es seiner Geliebten gedankt mit der Heirat. Sie für immer als „Frau Rath" legitimiert und so manch bissigen Zeitgenossen damit in Verblüffung versetzt zu haben, freute ihn noch immer diebisch! Nun, jeder verfügte eben über seine ganz eigene Antwort auf die ewig lauernden Fragen des Lebens.

Trotz alledem: Napoleons marodierende Soldatenheere hatten furchtbares Leid hinterlassen und leider, auch wenn man es kaum zugeben mochte, taten es ihnen die preußischen und deren verbündete Söldner in vielem gleich. Es zogen sich Spuren von Blut und Verwüstung durchs Land; nach wie vor wurde gemordet und geplündert und sei es von solchen, die selbst geplündert worden waren.

Goethe trat ans Fenster und sah in den Garten hinaus. Ein Garten im Winter. Müde, starr verharrend unter Frost und Schnee. Da fiel ihm ein, dass er Falk schon länger nicht zu Gesicht bekommen hatte. Es hatte nicht gut um ihn gestanden, wie ihm Christiane zuletzt berichtet hatte. Wie sollte das auch sein – in den letzten Monaten waren dem Mann seine vier jüngsten Kinder gestorben, eines nur wenige Wochen alt. Die Seuche grassierte seit dem Frühjahr auch in Weimar und raffte die Kleinen im Vorbeigehen dahin. Drei von den Falken innerhalb eines Monates.

Und nun lag der Legationsrat wohl selbst darnieder.

Ja, so war es mit den Dingen, wenn sie erst ihren Lauf nahmen. Wer hätte je geglaubt, dass ein Mann wie Falk einst einen weimarisch-sächsischen Beamtentitel tragen würde?

Unter normalen Umständen wäre das wohl nie so gekommen. Aber nun – der „freie Schriftsteller von der Ostsee“, wie Falk sich selbst nannte, der kaum einem Disput aus dem Wege ging, was die schönen Künste und oft genug Politik und Klerus betraf, hatte einen Mut bewiesen, den er, selbst herzoglicher Minister, niemals aufgebracht hätte. Dass Falk sich vor sieben Jahren den feindlichen Truppen wie ein Mann, der nichts mehr zu verlieren hat, gestellt und somit erreicht hatte, dass Weimar vom Schlimmsten verschont worden war, war schon mehr als nur bemerkenswert. Doch wie er dann mit erstaunlichem Talent Material hatte heranschaffen lassen, damit feindliche und eigene Soldaten in Lazaretten einigermaßen behandelt werden konnten, hatte den Dichterkollegen in seinem Ansehen steigen lassen. Beides zusammen war einer Art Husarenstück im Dienste an den Menschen gleichgekommen, zweifellos. Und für Falks nachfolgenden selbstlosen Einsatz als Übersetzer und diplomatischer Redner war der Lohn vonseiten des Hofes angemessen: den Titel eines höheren Staatsbeamten.

Falks Familie war stattlich. Seine Frau Caroline war ein erstaunlich bezauberndes Wesen, das es wohl bestens verstand, einen großen Haushalt zu führen; die Kinder schienen wohlerzogen und aufgeschlossen zu sein – was einmal mehr Christiane ihm berichtete. Und so garantierte der Beamtenstatus neben der Schriftstellerei fortan ein willkommenes Einkommen. Er gönnte es ihm, durchaus.

Goethe blies Luft an die Scheibe und rieb mit dem Ärmel darüber. Ja, Kinder! Außer August, seinem Ältesten, war ihm keins geblieben. Auch er und Christiane hatten viermal den Tod eines kleinen Menschleins betrauert. Wenn sie auch nicht an Seuchen gestorben waren, so hatten sie doch alle nur kurz gelebt. Nicht dass er ein Kindernarr gewesen wäre – mit den hilflosen schreienden Bündeln und Tollpatschen wusste er nicht viel anzufangen – aber sie wären ja groß geworden und Christianes Kummer war ihm jedes Mal mehr ans Herz gegangen, als er zugab.

„Nun, was hängst du unabänderlichen Dingen nach“, brummte er und schalt sich selbst.

Er durfte sich nicht nur der Wärme wegen von der Wintersonne trügen lassen; in weniger als zwei Stunden würde nicht mehr viel von ihr am Frauenplan zu sehen sein und dann würden Halbdunkel und Flackerlicht das Schreiben deutlich mühevoller machen.

Warum war es überhaupt so gar nicht warm? Warum war der Ofen so lau – er hatte doch schon mehrere Scheite nachgelegt? Nicht einmal das Holz taugte – was war nur los in Deutschland? Das konnte man dem Franzosen nun doch nicht in die Schuhe schieben!

Verärgert stapfte er hinaus ins Treppenhaus, wo ihm augenblicklich ein eisiger Lufthauch entgegenschlug. Seltsamerweise erinnerte ihn das erneut an Falk. Nun gut: Er würde ihm einige Zeilen widmen und sich noch heute nach seinem Ergehen erkunden. Sollte er dies hier überleben, würde mit Bestimmtheit noch manches von ihm zu lesen und, so war er sicher, zu hören sein. Der Danziger Perückenmachersohn hatte von Anfang an keinen Hehl daraus gemacht, dass er als Dichter nicht nur für geistreiche Unterhaltung und belustigenden Zeitvertreib gut wäre. Er fühlte sich offenkundig dazu berufen, die Dinge beim Namen zu nennen, um sie, sofern er es nötig sah, zu ändern. Der Geist dieses Mannes war von einer immer gleichen Frische und Schnelligkeit, auf Dispute mit ihm ließ man sich am besten nur ein, wenn man sich selbst gut mit Argumenten bewaffnet sah. Und seitdem er sich als Pädagoge und Erzieher so vieler, gelinde gesagt: schwieriger Heranwachsender betätigte, war er noch leidenschaftlicher geworden. Vielleicht, dachte Goethe, sollten ein paar geistliche Herren und Diener sich das zum Vorbild nehmen und sich mit der gleichen Hingabe betätigen, anstatt die Nase über Falk zu rümpfen.

Das musste er, der Ältere und Berühmte, wenn er ganz ehrlich war, unumwunden zugeben: Aus dem einst knabenhaft lächelnden Jüngling, dem eifrigen Theologiestudenten, der ihn im Sommer vor vielen Jahren das erste Mal besucht hatte, war ein Mann der Tat geworden.

„Hanseaten", murmelte der Dichter schmunzelnd und entschloss sich kurzerhand trotz der schneidenden Kälte zu einem kleinen Spaziergang. Manchmal half es einem dann doch, um am Ende wieder für die Wärme empfänglich zu sein.

24. November 1816

König Friedrich der Dritte hatte nun also für alle zukünftigen Sonntage vor dem ersten Advent angeordnet, sie zum Gedenktag der Toten zu machen. Es schien wie ein Hohn! Man musste sich in dieser Zeit erst gar nicht daran erinnern, dass gestorben wurde; man wünschte sich nichts sehnlicher, als es wenigstens am Sonntag vergessen zu dürfen. Genauso bedrückte die tägliche Ratlosigkeit, wo anzufangen und wo aufzuhören war, um die Umstände wieder zu verbessern. Sie waren oft noch immer so grässlich hoffnungslos.

Johannes steckte noch der erschütternde Anblick in den Knochen, wie er vorige Woche den Vater eines seiner Lehrlinge aufgefunden hatte: hinterrücks ermordet, auf dem Nachhausweg von ihm, wo er die *Gesellschaft für Freunde in der Not* um eine weitere Unterstützung für seinen Fünfzehnjährigen angesucht hatte. Es war grauenhaft und er fühlte sich schuldig am Tod des Mannes, auch wenn sein Verstand ihm hundertmal sagte, dass er nichts dafürkonnte.

Johannes holte tief Luft, straffte sich und schritt auf seinem Weg der Ilm entlang kräftiger aus. Jedoch nur für wohl kaum zwei Minuten, bis ein Stimmchen seine Gedanken durchschnitt.

„Vater!"

Ihm stockte der Atem. Nicht weil er erschrocken war oder sich gar fürchtete. Er empfand kaum mehr solche Gefühle. Nein, es war ein ihn plötzlich ergreifendes Empfinden, das ihn überwältigte und das er nicht kannte. Es ergoss sich fast gleichzeitig über seinen Körper, seine Seele und seinen Geist und drohte ihn zu verschlingen wie eine vom Sturm aufgelaufene Meereswoge. Ins Rollen gebracht von diesem mahnenden Laut des Kindes, das er an seiner Hand führte. Nicht einmal dessen Anwesenheit konnte ihn daran hindern, mehrere laute, gequälte Seufzer auszustoßen. Ihm war, als müsse er auf der Stelle zusammenbrechen. Woher kam das und warum jetzt?

So etwas war ihm nicht geschehen, als er monatelang unterwegs bei den Biwaks der Soldaten gewesen war, oft bis zur Erschöpfung. Nicht einmal, als er im Winter vor drei Jahren nach dem Tod seiner eigenen vier Kleinen selbst für Wochen so siech lag, dass er sich sagte: „Morgen stehst du im Totenhause."

Es war ihm noch nie so ergangen, seitdem man ihm Kind um Kind antrug, da sich herumgesprochen hatte, dass sein Haus für all die haltlosen Jungen und Mädchen eine Heimat bot. Und nun, an diesem harmlosen Nachmittag, fiel mit einem Schlag alles über ihn her, was er seit Langem an Not und Elend in sich aufgesogen hatte. Er konnte sich nicht daran erinnern, seine Ohnmacht je auf solch gewaltige Weise gespürt zu haben, als würde alle Kraft aus ihm fließen. Als hätte er nichts mehr entgegenzusetzen.

Er blieb stehen und sah erst jetzt hinunter auf das Kind. Es war nicht zu verhindern, sosehr er dagegen ankämpfte: Dicke Tränen rollten über sein Gesicht, sein Körper bebte und er verwunderte sich einmal mehr, dass die Kleine noch immer stumm blieb, wo er doch ihre Hand so fest zusammenpresste, damit ihm wenigstens das Zittern seines Armes nicht ganz entglitt. Dieses Geschöpf da mit den kastanienbraunen Zöpfchen, von dem sie nur wussten, dass es wohl Friederike oder Hendrike heißen musste; das seit vielen Wochen zu ihrer Pflegekinderschar gehörte, sah ihn einzig aus großen Augen unverwandt an. Hilflos zuckte Johannes mit den Schultern, während er seinen Tränen freien Lauf ließ. Mochte auch jemand des Weges kommen, mochte er auch so gesehen werden, er würde es nicht ändern können.

„Gnädiger Herr Jesus!“, schrie es in seinem Inneren. „Was wissen wir nur von dir, als dass du uns elende Menschheit ansiehst und keine unserer eigenen Vernünfte es je geschafft haben, Unrecht und Leid ein Ende zu machen?! Und was weiß ich schon von dir, als dass dein Wesen Liebe und herzliches Erbarmen ist? Sieh dies als mein Bekenntnis an – mehr vermag ich alter kluger Narr dir nicht mehr zu sagen!“

Plötzlich streckte Rike ihren freien Arm nach ihm aus. Johannes schluckte mehrmals kräftig, gab ihre Hand frei und hob sie hoch. Sie legte ihre dünnen Ärmchen um seinen Hals und schmiegte sich an ihn. Er trat einige Schritte abseits des Weges zu den Bäumen hin, die das Flussufer säumten, und lehnte sich an einen Stamm, das Kind reglos. So verharrten sie einige Minuten, bis er merkte, dass das Zittern weniger wurde und die unheimliche Woge abzulaufen begann. Er schloss die Augen und versuchte tief zu atmen. Zug um Zug. Nur noch seinen Atem spürte er und Rikes leichte Last. Sonst nichts, nicht einmal den Druck des Baumstammes in seinem Rücken.

„Heil und Leben!“, stahl sich dann kaum vernehmbar und wie von irgendwoher eine Stimme in seinen Kopf. *„Heil und Leben!“*, immer wieder. Er versuchte sich zu konzentrieren, ihr nachzuhören.

> *„Nur weil es Heilung für das verwundete Leben der Menschen gibt, feiern wir Advent. Und nur deswegen wird es auch in diesem Jahr wieder eine neue Christnacht werden.“*

Gregori! Es war die Stimme Gregoris, seines Lehrers aus Kindertagen. Wie lange war das her, dass sein Musiklehrer das zu ihm gesagt hatte, am Vorabend eines ersten Advents! Er war noch ein Knabe gewesen, ein Knabe von dreizehn oder vierzehn Jahren. So wie Wilhelm jetzt, den er gestern bei dem Leinewebermeister untergebracht hatte. Und so wie Heiner, der immer zu Herbst und Winter auftauchte und einigermaßen fleißig lernte, Jahr um Jahr gelobte, die Lehre zu beenden und zu bleiben – bis er erneut der Frühjahrsluft nicht widerstehen konnte und wieder zum Streuner wurde.

Und er, Johannes, ließ ihn. Er ließ ihn frei, was sollte er auch sonst tun? Ihn einsperren, zum Bleiben zwingen? Nein. Er ließ ihn ziehen und befahl ihn Gott an, dass er ihn eines Tages wiederbrächte.

Der Gedanke erinnerte Johannes daran, dass Heiner in diesem Herbst noch nicht wieder aufgetaucht war. Und heute in acht Tagen würde erster Advent sein.

„Heil und Leben", wiederholte er laut. Es durfte nicht sein, dass Unheil und Verderben über dem Leben all dieser Kinder stehen blieben, deren er und Caroline sich selbst annahmen oder sie in Pflegefamilien und Lehrbetriebe vermittelten, sie unterwiesen in Lesen, Schreiben, Rechnen, im christlichen Glauben, in Handwerk und Haushaltsführung.

Er würde nicht aufhören, sie hin zur Freiheit zu erziehen, und wenn es ihn alle Kraft und Geduld kosten würde, die er in seinem Leben noch aufbrächte. Selbst wenn er sich ungezählte Schuhsohlen für sie durchlaufen und den Mund fransig reden sollte, bis alle um ihn herum von der Notwendigkeit überzeugt waren, dass man sich dieser jungen Menschen annehmen musste. Es war ihm ja gegeben, mit Worten umzugehen. Doch der allerwichtigste Grund, weshalb er dies tun würde, war, weil es Heil und Leben gab.

In einer Woche war Advent, in vier Wochen würden sie Weihnachten feiern. Weihnachten war ein Beginn und nicht das Ende, wie oft schon hatte er das zu seinen eigenen Kindern gesagt. Er holte tief Luft. So tief, wie er sie schon lange nicht mehr hatte holen können.

„Rike", flüsterte er, „wir müssen weiter. Die Gräfin Reitzenstein wartet und dann noch Medizinalrat Froriep."

Die Kleine hob den Kopf und nickte. Dann fuhr sie mit ihren Händen in so kindlich anrührenden Bewegungen erst über Johannes' Wangen, dann über seinen Kopf, dass ihm beinahe noch einmal die Tränen in die Augen schossen. Nie würde man sich um ein solches Vertrauen verdient machen können, welches ein von der Gewalt des Lebens bereits verstummtes Kind einem entgegenbrachte. Es war ein schon beinahe maßloses Geschenk.

Da kam ihm urplötzlich ein Gedanke, der ihn so erheiterte, dass er lachen musste. „Weißt du, wie froh ich in diesem Augenblick bin, dass ich mir schon als Junge geschworen habe, niemals eine Perücke zu tragen?"

* * *

24. Dezember 1816

Sehr hell würde das Licht des Tages heute wohl nicht werden. Der Himmel hing voll dicker schwerer Wolken und bereits seit einer halben Stunde stoben die winzigen Flocken lautlos zur Erde. Aber es tat nichts zur Sache. Die Kinder freuten sich, auch wenn es draußen und drinnen trübe bleiben sollte. Sie hatte während des Jahres die Kerzen so eingeteilt, dass sie für genügend Licht über die Feiertage reichten und einmal nicht zu äußerster Sparsamkeit gemahnt werden musste.

Heute war Christfest und das war Grund zur Fröhlichkeit, fand Caroline Falk. Sie war schon aufgestanden, als es noch ganz dunkel gewesen war. Sie hatte Eduard und Rosalie vorsichtig geweckt und diese wiederum je zwei von den größeren Knaben und den größeren Mädchen, um Feuer zu machen und das Morgenessen vorzubereiten. Eduard, ihr Erstgeborener, war schon sechzehn und konnte kräftig zupacken.

Zusammen mit Heiner, der vor einigen Tagen erschienen war, waren die Jungen nach einer guten Stunde mit Holzholen und dem Bestücken der Öfen fertig. Als Belohnung hatten sie die erste Tasse Röst-Kaffee des Tages bekommen. Brot und Stullenmänner würde es erst nachher geben, wenn alle am Tisch saßen, was für die heranwachsenden Jungen ein echtes Opfer bedeutete. Sie waren immer hungrig wie die Wölfe und es tat Caroline oft in der Seele weh, dass sie ihnen an manchen Tagen zu wenig anbieten konnte. Nur einmal wieder aus der Fülle schöpfen dürfen, wie oft war das ihr seufzende Bitte in Richtung Himmel!

Rosalie, die vor wenigen Wochen ihren dreizehnten Geburtstag gefeiert hatte und mächtig stolz darauf war, schon verantwortungsvolle Aufgaben zu übernehmen, war glücklich, in Emma und Amalie zwei Freundinnen zu haben, mit denen die Pflichten viel leichter von der Hand gingen, als wenn man allein war. Sie kicherten und ergötzten sich in ihren Fantasien über die Bescherung später, stellten sich vor, wer wie welche Augen machen würde, wie Fritz die Strümpfe passten oder was Christoph zu seinem neuen Wams sagen würde.

Caroline musste mehr als einmal mahnen, damit das Gelächter nicht zu laut wurde und die Kleinen zu früh aufwachten. Sie sollten doch erst in den Saal dürfen, wenn alles fertig war – natürlich angezogen und gewaschen. Auch dafür würde Caroline nachher noch Hilfe von den Großen brauchen. Die Milch hatte sie bereits in drei Töpfe auf den Herd gesetzt und vermutlich würde jeden Augenblick Johannes erscheinen. Sie würde ihn neben den Herd beordern, damit die Milch beaufsichtigt wäre. Ein Anbrennen oder gar Überlaufen kam einer kleinen Katastrophe gleich, sie hatten davon meist nur so viel, dass es gerade reichte für alle. Aber es konnte schon auch einmal sein, dass die Älteren zugunsten der Kleinen oder Geschwächten mit einem noch etwas unzufriedenen Magen vom Frühstück aufstehen mussten. Umso glücklicher war sie, dass vorgestern Abend von einem unbekannten Spender ein Sack Kartoffeln vor dem Hoftor abgestellt worden war. Einfach so. Der freundliche Geber hatte sich durch lautes Klopfen kurz bemerkbar gemacht, aber bis Johannes und zwei der großen Jungen nach draußen gegangen waren, war von einem Besucher weit und breit nichts mehr zu sehen gewesen. Nur die Kartoffeln hatten am Tor gelehnt. Grußlos. Immer wieder durften sie solche Dinge erleben, ein Wunder, so benannten sie es jedes Mal. Bereits die Kleinen wussten den Wert einer Mahlzeit hoch einzuschätzen. Keine einzige war selbstverständlich in diesen Tagen.

Da! Das erste Poltern, natürlich, die Jungen! Caroline schmunzelte, wie hätte sie sich an einem solchen Festtag auch ärgern sollen. Allerdings, wenn Johannes jetzt käme, wäre es ihr nicht unrecht. Sie hätte ihn vielleicht doch wecken sollen, als sie aufgestanden war. Aber sie brachte es kaum fertig, ihn seines Schlafs zu berauben. Er war wieder erst weit nach Mitternacht zu ihr ins Bett gekrochen, mit eiskalten Händen. Damit Edmund nicht wach werden würde, der noch bei ihnen schlief, hatten sie leise miteinander über Decken und Kissen hinweg geflüstert. Caroline hatte nur etwas von einem Lied verstanden, etwas von aufzeichnen und so fort.

Sie wusste nur zu gut, wie ihm das Schreiben fehlte. Wie er es brauchte, seine vielfältigen Gedanken in Worte zu fassen, sein manchmal hitziges Gemüt zu kühlen! Wenn er Sätze formen konnte, gelang es ihm, sein Empfinden und Denken zu ordnen. Meist war sie seine erste Leserin. Sie durfte Anmerkungen machen und kritisch sein; er nahm es ihr, wenn überhaupt, meist nur sehr kurz übel. Selten warf er etwas aufs Papier, was noch gänzlich wild und unausgegoren war. Was er notierte, war ihm auch so, selbst wenn es ihm Feinde schaffte. Außerdem war Papier auch zu kostbar für Unentschiedenes. Johannes bewegte die Dinge für gewöhnlich lange genug nach allen Seiten, bevor er sie niederschrieb.

In ihren Gesprächen jedoch, die sie oft bis spät in die Nacht hinein führten, war es anders. Da erlebte sie seine Fragen und Nöte, sein Leiden am Unrecht, sein Sehnen nach Antworten und Lösungen in ihrer ganzen Form. Dann sprudelte es nur so aus ihm heraus, in schnellen Abfolgen und Gedankensprüngen, und sie musste bei hoher Konzentration bleiben, um ihm zu folgen. So war es auch vor wenigen Wochen am Abend des letzten Sonntags im Kirchenjahr gewesen. Johannes war sichtlich erschöpft und doch sonderbar friedvoll und in einer Art seltsamen Glückes von seinen Bitt- und Berichtsgängen zurückgekehrt, die er wie so oft in den letzten Monaten mit Rike zusammen gemacht hatte. Auch an jenem Abend hatten sie, nachdem in allen Schlafkammern Ruhe eingekehrt war, noch lange miteinander geredet.

Weswegen Advent und Christnacht wäre, habe vor vielen Jahren sein Musiklehrer in Danzig ihn gemahnt, dürfe er nie vergessen: Nämlich nur, weil es Heil und Leben gebe.

„Und ich sage dir, mein liebes Röslein, ich habe es nie vergessen, niemals – auch wenn du und manch anderer vielleicht dachte, ich hätte es.“ In so schlichten Worten, aber in seiner so eigenen leidenschaftlichen Manier hatte er das in die Dunkelheit ihres Schlafzimmers gesprochen. Sie konnte bis heute den Klang seiner Stimme hören.

Caroline sah versonnen in die Milch, bis ein erneutes Poltern sie aus den Gedanken riss. Sie lief in den langen Flur hinaus, um nach oben zu lauschen. Es war eindeutig, die Ersten waren auf, und ach! Da vernahm sie doch deutlich die Stimme ihres Mannes unter den hellen der Jungen. So ausgelassen, wie das klang, würde es eine Frage von Minuten sein, bis die anderen Kammertüren aufflogen und die Kinder durchs Haus stürmten.

„Mädchen!“, rief sie laut in der Hoffnung, dass wenigstens eins von ihnen sie hören würden. „Lauft und helft Vater, die Kleinen sind wach, und seht nach, wohin Eduard und Heiner sich verdrückt haben!“ Sie selbst ging noch einmal in den Saal, nicht ohne vorher einen Blick auf die Milch geworfen zu haben. Sie rückte mit ein paar letzten Handgriffen die Tannenzweige an jedem Platz zurecht und die geschnitzten Figuren auf der schweren Anrichte. Dann zündete sie die Kerzen an. Das Ofenfeuer knisterte und in Caroline stieg eine große Dankbarkeit auf. Nein, arm waren sie nicht!

Wenig mehr als eine Viertelstunde später saßen die Kinder um den endlos lang scheinenden Tisch. *Was so ein Refektorienmöbel wohl zu erzählen hätte*, dachte Johannes, als er auf die Schar blickte. Für keines seiner schriftlichen Werke hätte er sich das je als Motiv ausgedacht: fünfundzwanzig erwartungsvoll blickende Augenpaare, die jüngsten kaum vier, die ältesten schon neunzehn Jahre alt, saßen um seinen Tisch. Einige von ihnen Geschwisterpaare; ungefähr die Hälfte hatte weder Vater, Mutter noch sonstige Angehörigen mehr. Die andere Hälfte hatte zwar noch Mutter oder Vater, aber keiner davon war imstande, für die Kinder angemessene Fürsorge zu leisten, und bei fast allen aus demselben Grund: Krieg, Plünderung und Mord hatten Armut und Verwahrlosung nach sich gezogen. Der Staat verhinderte entweder durch

Gesetze, die irgendwann erlassen worden waren, eine zuträgliche und gesunde Fortentwicklung der Kinder und Jugend oder aber es waren überhaupt keine solchen vorhanden. Jedenfalls nicht für diese Heerschar sich selbst überlassener junger Geschöpfe, über die die erbarmungslose Härte eines Krieges einfach so hinweggegangen war.

Johannes war weder Pfarrer noch Lehrer geworden, nur ein Schriftsteller. Er trug zwar einen Beamtentitel und fühlte sich diesem auch verantwortlich. Er war Bürger einer Stadt und eines Staates, aber auch einer anderen Welt.

Heil und Leben, wie es in dem alten Adventslied hieß, das er einst so gerne mit seinem geliebten Lehrer Gregori in der Kirche von Schwarz-München gespielt hatte, waren für ihn diese Worte geblieben, die aus dieser anderen, unsichtbaren Welt herüberklangen.

In seinem Gebet, das Johannes wie immer in für Kinder verständlichen Worten sprach – das allerdings an diesem Morgen äußerst kurz ausfiel –, dankte er Gott für den Weihnachtstag. Dann ging er jedoch nicht wie sonst mit „Mutter“, wie alle diese Kinder Caroline nannten, zum Herd, um die Milch- und Kaffeekannen zu füllen, sondern an einen der hohen Schränke, der sich an einer Wand des Zimmers befand. Niemand wusste, was das jetzt zu bedeuten hatte, aber die fünfundzwanzig Augenpaare folgten ihm gespannt. Die mit dem Rücken zu Johannes saßen, hatten sich natürlich umgedreht und unvermeidlich war dieser gewisse Lärm aus Rascheln, Ruckeln, Kichern und Tuscheln entstanden. Johannes genoss die Stimmung.

„Die Violine!“, hörte er es wispern und: „Ja, spiel uns ein Lied, Vater!“

Dazwischen aber auch: „Och, ich hab Hunger!“

Johannes lächelte. So musste es sein! Er wollte keine dressierten Kinder, er wollte nur geliebte, erzogene und zur Selbstständigkeit angeleitete. All das schloss Gottesliebe und Gottesfurcht nicht aus. Er sah kurz zu Caroline und entdeckte ihre beschwichtigenden Blicke, mit denen sie den sehr Ungeduldigen bedeutete, dass das gewiss sehnlichst erwartete Weihnachtsfrühstück nicht allzu lange auf sich warten lassen würde. Was beschämte ihn diese Gefährtin! Sie war sein Glück!

Als er sein geliebtes Instrument unter sein Kinn schob, das ihn, seit er Danzig als junger Mann verlassen hatte, begleitete, schloss er die Augen.

„Pssst, Kinder, hört!", hörte er Carolines leise Stimme.

Er spielte mit sanftem Vibrato und festem Strich. Die klar intonierten Töne tanzten leicht in der Luft des Raumes und füllten ihn mit ihrem hellen Klang. Es war eine wunderbare alte sizilianische Weise, ein Fischerlied. Schon vor Jahren hatte Johannes sie in Herders Volksliedsammlung entdeckt und dies bezaubernde kleine Thema sofort geliebt, als er seine Notation gesehen und gesummt hatte. Vor einigen Wochen, nach diesem so eigenartigen Erleben, als er mit Rike unterwegs gewesen war, hatte er beschlossen, auf diese Melodie ein Lied für seine Kinder zu dichten. Ein Dreifesttagslied sollte es werden. Und Weihnachten war eben der Anfang.

Die Kinder waren bereits bei den ersten Tönen verstummt, und als das Lied zu Ende war und Johannes die Augen öffnete, starrte ihn eine offensichtlich verzauberte Schar mit halb geöffneten Mündern an. Er war tief berührt. Seine und Carolines Blicke trafen sich und es brauchte keine Worte. Es war ihm also gelungen. Nachher, wenn die hungrigen Bäuche gefüllt waren und die Geschenke ausgepackt, würde er ihnen den Text beibringen.

O du fröhliche, o du selige,
gnadenbringende Weihnachtszeit!
Welt ging verloren, Christ ist geboren:
Freue, freue dich, o Christenheit!

O du fröhliche, o du selige,
gnadenbringende Weihnachtszeit!
Christ ist erschienen, uns zu versühnen:
Freue, freue dich, o Christenheit!

O du fröhliche, o du selige,
gnadenbringende Weihnachtszeit!
Himmlische Heere jauchzen dir Ehre:
Freue, freue dich, o Christenheit!

Zum Hintergrund der Geschichte:

Die erste Strophe des Liedes, so wie wir es heute noch singen, stammt von Johannes Falk. Ursprünglich schrieb er ein sogenanntes „Dreifesttagslied", in dem der Verlauf der Heilsgeschichte dargestellt wird: Weihnachten, Ostern, Pfingsten – also Jesu Geburt, seine Kreuzigung und Auferstehung und das Kommen des Heiligen Geistes.

Erst im Jahr 1829 dichtete Falks pädagogischer Lehrling Heinrich Holzschuher die beiden weiteren Strophen dazu, so wie wir das Lied heute kennen.

Johannes Daniel Falk, auch „Vater der Waisen" genannt, lebte von 1768 bis 1826. Dass er so unmittelbar von einer Zeile des Liedes *Macht hoch die Tür* für seine spätere Arbeit inspiriert wurde, wie ich es in der Erzählung beschrieben habe, ist nicht überliefert. Da Georg Weissels Lied jedoch zu Lebzeiten Falks schon längst bekannt und weit verbreitet war, ist mit hoher Wahrscheinlichkeit anzunehmen, dass er es schon seit Kindertagen kannte. Der Glaubenspraxis seines Elternhauses, die seine frühe Kindheit prägte, stand Johannes Falk lange Jahre kritisch, bisweilen sogar völlig ablehnend gegenüber. Bei der von der Aufklärung durchdrungenen Theologie mangelte es ihm aber allerdings deutlich an Inhalt und Seele. Er wandte sich enttäuscht von ihr ab. Nach schweren Krankheitszeiten und dem Tod von vier seiner leiblichen Kinder im Vorschulalter, an dem Johannes Falk beinahe verzweifelte, erlebte er trotz dieser schrecklichen Erfahrung eine erneute, vermutlich sogar eine erste tiefe Hinwendung zu Gott, die von da an bis zu seinem Tod sein Leben als „Waisenvater" so vieler fremder Kinder entscheidend prägte.

1819 veröffentlichte er sein Kinderliederbuch *Der Freund in der Not.* Darin abgedruckt fand sich auch das Lied *O du fröhliche.*

Ein Wagenrad voller Lichter

Hamburg, 1826

Johann

Die Lampe blakte wie zur Anklage. Es war viel zu früh, um kostbares Öl zu verschwenden. Zwar hatte sich die Sonne bereits hinter die Häuser verzogen und das Zimmer, in dem sich der Anzünder des Lichtes befand, lag duster – dennoch war zu dieser frühen Stunde in keinem der umliegenden Häuser der Schein künstlichen Lichtes zu erkennen. Sollten sich seine Kopfschmerzen nicht ins Unerträgliche steigern, brauchte er Helligkeit. Johann drehte den Docht ein Stück herunter und bewegte die beiden Fensterflügel näher zueinander. Wie das Licht liebte er auch die frische Luft. Außerdem musste er sich konzentrieren, um möglichst viel in der nächsten Stunde zuwege zu bringen. Er war froh, dass die Klavierstunde bei den Lerchensteins heute ausgefallen war; seine Schülerin fühlte sich nicht wohl. Aber das schlechte Gewissen nagte etwas an ihm, denn die Bezahlung, die er für die Privatstunden erhielt, würde ebenso ausfallen. Dabei stand eine neue Woche ins Haus. Eine Woche, in der seine Mutter und die sechs Geschwister essen mussten und in der zwei aufgeschobene Posten beim Schuster zu begleichen waren. Johann erhob sich und öffnete die Fensterflügel wieder ein Stück. Es war ihm, als bräuchte er mehr Luft.

Er schlug sein Buch auf. Acht Seiten nahm er sich vor, es musste sein!

Es lief nur stockend. Die Sätze wollten nicht fließen, weder in seinen Gedanken noch aus seinem Federkiel. Die Kopfschmerzen wurden stärker. Nicht doch! Er hasste sie! Sie schränkten ihn ein, sie beschnitten seinen Lerneifer – und alles das konnte und wollte er sich nicht leisten. Nach einer quälenden Viertelstunde stand er auf, öffnete die Fensterflügel, so weit es nur ging. Dann begann er, mit dem Buch in der Hand im Zimmer umherzuwandern und vor sich hinzumurmeln. Er fühlte, dass es um seine Konzentration nicht gut bestellt war, sein Geist wollte ständig abschweifen. In letzter Zeit passierte ihm das öfter und er registrierte in diesem Augenblick einen deutlichen Unmut darüber in sich aufsteigen.

„Sei kein Schwächling", trieb er sich selbst an, „das ist doch lächerlich!"

Er würde sich gestatten, die Sätze nicht aufzuschreiben, sondern nur laut vor sich auszusprechen, um sich ein wenig selbst zu überlisten. Es half ein bisschen. Er kam vorwärts; aber nur langsam, zu langsam. Er sah seinen geliebten Sonnabendtreff dahinschwinden.

Er hörte den Tritt seiner Mutter auf der Treppe, sah ihre geröteten Hände auf dem Tischtuch liegen. Wie viel Wolle hatte sie wohl heute verkauft? Er hoffte, dass jetzt, wo der Sommer dem Ende zuging, der Umsatz wieder besser würde. Er sah sich im Johanneum sitzen, die Zeilen auf seinem Abgangsdokument vor sich, die ihm hohes Interesse, großen Fleiß und überdurchschnittliche Begabung attestierten, vermerkt in den akkuraten Buchstaben des Direktors. Wahre Worte, anerkennende Worte, aber wirkungslose: Hatte er doch das Johanneum kurz vor seinem Abschluss verlassen müssen, das Geld reichte nicht aus für seine weitere private Schulbildung in diesem ältesten Gymnasium seiner Vaterstadt Hamburg. Jetzt gab er wohlhabenden Fräuleins Privatstunden in Musik und leistete Assistentendienste an einem privaten Institut für Knaben. Nebenbei versuchte er sich in Einzelvorlesungen am Akademischen Gymnasium stückweise alles anzueignen, um die Berechtigung für den Besuch einer Universität doch noch erlangen zu können.

Sein Unmut steigerte sich binnen Sekunden zu einem Zorn. Auf alle die Umstände. Die Umstände, die seinen Nachtschlaf seit Monaten auf meist weniger als fünf Stunden kürzten. Die Umstände, die ihm früh die Last einer großen Verantwortung auferlegt hatten. Zutiefst jedoch galt der plötzliche Zorn der Endgültigkeit des Todes. Dieses einen Todes und dem mit ihm verbundenen, immer wieder aufkeimenden unbändigen Schmerz. Ein Knall durchfuhr das Zimmerchen, als das Griechisch-Buch auf dem glatt geschliffenen Pult aufschlug, während der zerfledderte Band mit den Vokabeln sanft auf die Holzdielen glitt. Ein leiser Ton, der allerdings wie ein erneuter Vorwurf wirkte, wie schon der Ruß der Lampe vorhin. Johann ballte die Hände zu Fäusten, presste die Lippen aufeinander und die Augenlider. Den Schrei aber, der aus seinem Inneren nach außen drängte und seinen Brustkorb verengte, drückte er nieder und presste das Kinn aufs Brustbein. Erst als die Fäuste schmerzten, löste er sie. Dann schlug er die Hände vors Gesicht.

Wie konnte er sich nur so gehen lassen? Warum in dieser Stunde? Alles war doch harmlos gewesen heute! Selbst die ungezogenen Knaben in der Plauschen Anstalt hatten ihn nicht mehr Energie gekostet als bisher. Im Gegenteil! Trotz aller ihrer Streiche und Wildheit fühlte er eine Verbindung zu ihnen, eine, die es ihm erleichterte, sie zu gewinnen, sie irgendwie im Zaum zu halten, sie beim Üben von Zahlen und Buchstaben zu unterstützen, bei kleinen Handwerksarbeiten, ihnen Geschichten zu erzählen, mit denen er sie in Bann zog. Nur die Zeit, die ihm diese Arbeit abverlangte, brachte ihn immer häufiger an seine Grenzen. Oft war er acht Stunden in der privaten Internatsschule beschäftigt und immer wieder konnten daraus auch zehn werden. Es war einfach zu viel an manchen Tagen! Johann fuhr sich durch die dichten blonden Haare, dann ließ er seine Arme fallen und atmete aus.

„Vergib mir!“, flüsterte er. „Vergib!“

Kein einziger Laut drang an sein Ohr. Merkwürdig still war es in seinem Zimmerchen. Unwillkürlich lauschte er dieser Stille nach und spürte, dass sie ihn beruhigte. Mehr noch: Ein unerklärlicher Friede breitete sich in ihm aus. Aus seinen Augenlidern wich die Spannung, wenngleich er sie noch immer geschlossen hielt. Wie von fern schlich eine Stimme in sein Gemüt, mehr ein Klang zuerst anstatt klar artikulierter Worte. Es war ein vertrauter Klang, auch ihm hörte er nach, wohl beinahe eine Minute, bis er verstummte. Da vernahm er deutlich den Schlag der Glocke. Es war also Zeit!

Johann hob das Vokabelbuch vom Boden auf und legte es zurück auf das Pult, dann löschte er die Lampe. Nach einem kurzen Blick aus dem Fenster beschloss er, beide Flügel weit offen zu lassen. Der Abend schien klar und zum ersten Mal an diesem Tag stellte er fest, dass die hereinströmende Luft duftete.

Wenig später verließ er das Haus. Er war sehr dankbar,

dass ihm seine Mutter diese Freiheit gönnte, ja ihn sogar zu den Abenden mit seinen Freunden ermunterte. Sie wollte nicht, dass er einen einzigen davon versäumte. Das war nicht selbstverständlich; umso mehr schätzte er es. Er liebte seine Mutter und doch fühlte er ihre Liebe so anders als die des Vaters. Als Junge hatte er es nicht einfach mit ihr gehabt, sie war streng, mitunter sogar sehr. Meist mahnte sie schnell zur Aufnahme produktiver, vernünftiger Tätigkeit. Sie liebte es nicht, wenn Johann oder seine Geschwister ihre Zeit mit zu vielen Dingen vergeudeten, bei denen ihrer Meinung nach am Ende eines Tages kein sichtbares Ergebnis zu verzeichnen war. Doch mittlerweile wusste Johann damit umzugehen, nicht zuletzt, weil sie ihm eines Tages einen Einblick in ihre eigene Kindheit gestattet hatte. Schon von klein auf hatte sie viel dazu beisteuern müssen, um ihre verarmten Eltern zu unterstützen, und war es seitdem gewohnt, immerzu mit praktischer Arbeit zugange zu sein. Dass nun im gleich hohen Maß ihr Ältester auch schon für den Familienunterhalt gebraucht wurde, bereitete ihr gewiss Kummer, dem sie aber nicht in mitleidigen Worten oder großen Gesten Ausdruck verlieh, sondern eben in solchen Zugeständnissen wie den freien Freundesabenden. Seine Mutter wusste, was ihm die Kunst, die Literatur, die Musik bedeuteten. Hierin war er eben ganz das Kind seines Vaters, hochbegabt und fleißig, willensstark. Die besten Voraussetzungen für ein Studium, das von Anfang an ihr und ihres Mannes Ziel für Johann gewesen war. Über diesen Herzenswunsch seiner Eltern war er längst informiert, es war auch seiner. Noch immer. Und deshalb gab er alles, was in seinen Möglichkeiten stand, um ihn sich zu erfüllen.

Der August war mit diesem Tag schon zur Hälfte vergangen und es dunkelte früher als vor vier Wochen. Wie jeden Sonnabend um sieben hatten sie auch für heute wieder ein Treffen vereinbart. Selbst wenn er jetzt sein Pensum nicht erledigt hatte, würde er, ganz entgegen seiner sonst eisernen Selbstdisziplin, es sich erlauben, die übliche Brot- und Bierstunde mit den Kameraden und Kameradinnen zu verbringen. Die noch immer erstaunlich lauen Nächte würden sie wohl auch heute mit den Kähnen hinaus auf die Alster ziehen. Wohl dem, der Freunde hatte! Jung, frisch in Geist und Gedanken, gebildet, Kenner und Liebhaber von Musik, Kunst, voller Ideale und voller Glauben. Er brauchte diese Menschen. Er genoss in vollen Zügen ihre Treffen, ihre gemeinsamen Unterhaltungen, auch ihre Diskussionen, ihr Lachen und ihr Schweigen gleichermaßen. Am schönsten waren unbestritten diese Sommernächte, wenn sie draußen auf dem Wasser dümpelten. Den weiten Himmel voller Sterne über sich, den hellen Mond, der sein Licht silbern auf das Wasser goss, und das leise Keckern der Wasservögel, deren Silhouetten dann und wann wie Scherenschnitte im Gegenlicht des Silbermondes auftauchten. Es war eben auch wunderbar, jung zu sein! Das Leben war schön!

Johann pfiff ein leichtes Liedchen, als er die letzte Treppenstufe verließ und aus dem dämmerigen Flur ins Freie hinaustrat. Sein Magen knurrte und es war ihm nach einem kräftigen Bier.

Als er kurz vor Mitternacht nach Hause kam, setzte er sich noch einmal an sein Schreibpult, diesmal entzündete er jedoch nur einen der Kerzenstummel. Zwei Zeilen notierte er in sein Gedankenheft. Dann kroch er in sein Bett und starrte so lange in das kleine warme Licht, bis ihm die Augen zufielen. Die flackernde Flamme warf noch eine ganze Weile ihr Spiel aus Licht und Schatten über die aufgeschlagenen Seiten der Notizkladde.

> Lieber Vater, nun bist Du mit dem heutigen Tag schon drei Jahre nicht mehr unter uns. Doch war mir am frühen Abend für einen Augenblick, als weiltest Du an meiner Seite. Dein Hinrich, den 14. August 1826.

Genau zwei Jahre darauf legte Johann sein Abitur ab. Zu Latein und Griechisch hatte er Hebräisch gelernt. An beinahe jedem Tag seiner Gymnasialzeit hatte er ein Kapitel aus der Bibel abgeschrieben und sich intensiv damit auseinandergesetzt, indem er verschiedene Übersetzungen, Auslegungen und Kommentare parallel zu den biblischen Texten studierte.

Er war bewandert in den bedeutendsten Werken antiker und deutscher Literatur, Mathematik, Logik, Ethik und Philosophie. Er war ein guter Klavier- und Orgelspieler und verfügte über eine wunderbar warme Bassstimme, mit der er Werke von Mozart und Haydn sang, nicht weniger gekonnt intoniert und interpretiert als Bachs Kantaten und Kirchenchoräle. Im gleichen Maße liebte er allerdings auch die Lieder der Versammlungen der sogenannten Erweckungsbewegung.

Wenige Wochen nach seinem Abitur immatrikulierte Johann sich im Oktober 1828 in Göttingen für ein Studium der Theologie. Der Abschied von seiner Mutter und den Geschwistern, den Freunden und Förderern und der heimischen Umgebung fiel ihm nicht leicht. Aber er hatte ein Ziel. Und er war voller Dank gegen die Menschen, die ihm mit ihrem Geld ein Studium ermöglichten.

***

Berlin, 1831

Johann

Er lauschte seinen eigenen Tritten, während er durch die abendlichen Straßen ging, die heute auffallend ruhig schienen. Direkt vor seinen Augen segelte ein Blatt. Er fing es auf. Es war ein Ahorn. Noch zu früh. Aber einmal mehr musste man sich wohl damit abfinden, dass sich ein Sommer aufmachte zu gehen. Er drehte den Stiel gedankenverloren zwischen Daumen und Zeigefinger, während er ungewohnt langsamen Schrittes seinen Weg fortsetzte. Jetzt, da der Abschied anstand, war es ihm, als müsse er Berlin auskosten. In den ersten Tagen und Wochen seines Aufenthaltes hier war er beinahe berauscht und voller Bewunderung gewesen für die Pracht der Alleen mit den großzügigen Häusern und den repräsentativen Gebäuden. Bald aber hatte er genug hinter ihr Äußeres gesehen und war manches Mal entsetzt gewesen. Um die Sitten war es nicht sehr gut bestellt, nicht nur in den Kreisen einfacher Leute. Doch auch Verrohung und Not gehörten zum Alltag ganzer Stadtteile und es schien niemanden wirklich zu bekümmern. Vielmehr kümmerte man sich um seine Vergnügungen, von denen die meisten nur von der kurzen Dauer einiger Stunden waren. Man ging darüber hinweg.

Trotz allem aber hatte er wunderbare Menschen hier kennen- und wirklich lieben gelernt und war sehr dankbar dafür. Und von ihnen fiel der nahe Abschied durchaus schwer.

Der Nachmittag bei Dora war wunderbar gewesen. Es war einer seiner letzten, bevor er wieder nach Hause zurückkehrte. Nach Hause. Was war das? Seine Mutter? Die jüngeren Geschwister? Hamburg? Ja, Hamburg war sein Zuhause, seine Vaterstadt. Er spürte, dass er sie liebte, sie war ihm vertraut. Er liebte sie ob ihrer Schönheit, ihrer Sicherheit, die sie ausstrahlte. Er mochte ihre Straßen und Gassen, ihre Häuser, das Wasser. Aber auch ihre Gärten, in denen die Apfelbäume blühten und im Herbst volle Früchte trugen. Den Wind. Das Geschrei der Seevögel. Das etwas unbestimmte Gefühl von Ferne und Geheimnis, das die großen Schiffe mitbrachten, ihre Waren, selbst wenn viele für ihn bis heute nicht erschwinglich waren. Doch ihre Düfte und Gerüche regten immer alle Sinne an, sobald sie einem in die Nase stiegen. Er mochte das emsige Treiben einer Stadt, die vom Fernhandel lebte und in der keine Langeweile aufkam. Er mochte auch ihre Traditionen – wenngleich …?

Johann steckte das Ahornblatt in die linke Brusttasche seiner Jacke und legte seine Hand darauf. Es war eindeutig zu jung, dieses Blatt, zu saftig, zu grün, um jetzt schon einem unwillkürlich nahenden Herbst preisgegeben zu werden.

„Wie sieht es mit deinem Herzen aus?“

Da war sie wieder, diese Frage. An diesem Abend, der ihn etwas ziellos durch die preußische Hauptstadt trieb, drang sie nach oben. Beantwortet hatte er sie schon lange; lange bevor er sie wieder und wieder hier sowohl vom Katheder als auch in persönlichen Gesprächen gehört hatte.

Wenn das Herz nicht glaubte, wenn das Herz nicht liebte, wenn das Herz nicht sprach, was nützte dann alles Wissen? Der Kopf konnte eine Menge Wissen vertragen, auch sein Kopf wusste viel. Und er bereute nichts von dem, was er wusste. Es erweiterte seinen Verstand. Es ermöglichte ihm, die Dinge zu durchdringen und daraus Neues abzuleiten. Die Wissenschaft wusste einiges zu sagen, manches zu beweisen und vieles zu behaupten. Aber galt das alles morgen noch? Anderntags, wenn der Augenblick vorüber war, sowohl der lange Augenblick eines Zeitalters als auch der kurze eines Lebensalters, an dessen Ende sich neues Wissen herausschälte, sich neue Methoden zeigten, die wiederum neue Erkenntnisse ans Licht brachten und die alten Lügen straften?

Er liebte die Worte der Bibel, schon von Kindesbeinen an. Und er liebte es, gerade auch über sie möglichst viel zu wissen. Er mochte Menschen mit einem geschärften Verstand und einem Herzen voller Demut und Liebe, so konnte man wohl fast alle Wissenschaften pflegen, auch die der Theologie. Viele Kirchen in Berlin wurden schon seit Jahren des Sonntags immer leerer. Nicht weniger die in Hamburg, in Göttingen, wo er sein Studium begonnen hatte. Es schien, als wäre es den Menschen zu kühl geworden in den Kathedralen und den scheinbar so heiligen Räumen voll hoher Bogen, beeindruckender Bilder, erhabener Kanzeln und schwerer Altäre. Es schien, als wäre es dem Kalkül des Rationalismus und der allgepriesenen Vernunft aufgeklärten Denkens tatsächlich gelungen, dem wärmenden Feuer des Glaubens die nötige Luft zu entziehen, Stück für Stück.

Johann ging noch langsamer. Für einen Moment fühlte er eine Last, als legte sich ein viel zu schwerer Mantel auf seine Seele. Es erzeugte das Gefühl einer tiefen Einsamkeit. Dabei wollte sein Herz doch glauben, nichts als glauben! – und niemand durfte ihm diese Hoffnung rauben.

Erst als er wieder eine Weile gegangen war, merkte er, wo er sich befand und dass er seine Schritte unwillkürlich in eine bestimmte Straße gelenkt haben musste, denn in seine eigene Wohnung führte diese nicht. Wieder begann er auf den Laut seines eigenen Trittes zu hören, gleichmäßig langsam. Wo waren die Menschen heute? Sie schienen wie vom Erdboden verschluckt. Auch in dieser etwas vornehmeren Gegend war kaum jemand unterwegs. Es machte sein eben empfundenes Gefühl der Einsamkeit nicht besser. Hatte er etwas versäumt?

Das Pferdegetrappel registrierte er wohl, nicht aber, dass jemand seinen Namen rief. Erst als der Klang der Hufe sich deutlich verlangsamte und ein Wagen vernehmbar an seine Seite rollte, riss ihn der erneute Ruf seines Namens endgültig aus seinen Gedanken. Er blieb stehen und drehte sich um.

„Darf ich etwa annehmen, du seist auf dem Weg zu mir?"

„Ernst!?" Johann lachte etwas verlegen. „Ja! Ja, gewiss! Auf dem Weg zu dir", bestätigte er noch einmal, als gelte dies viel weniger dem Baron als sich selbst. Dann fuhr er sich mit der Linken durch die Haare, bevor er der einladenden Geste folgte und durch den geöffneten Schlag den Wagen bestieg. Wie wichtig die folgenden Stunden für sie noch werden würden, konnten beide zu diesem Zeitpunkt nicht ahnen. Sie freuten sich zuerst daran, dass sie einander so ungeplant begegnet waren. Doch es dauerte nicht lange, bis der Kutscher erneut angewiesen wurde, die Pferde zu zügeln. Diesmal war es Johann, der den Schlag öffnete und Augusts Namen rief. Zufällig hatte der Professor einen anderen Heimweg als sonst gewählt. Da so wenige Menschen unterwegs waren, aber der

Abend noch so angenehm lau war, hatte er ihn genüsslich auskosten wollen.

Das wärmende Feuer des Glaubens verfügte also doch noch über genügend Luft! Selbst wenn die Dochte bisweilen nur müde zu flackern schienen, ausgelöscht würden sie nie.

***

Hamburg, 1832

Wilm

Die Gelegenheit war günstig. Sie drängte sich einem geradezu auf. Nicht einmal ein Dummkopf konnte sie verpassen! Er platzte schon beinahe – jetzt! Er blies die angehaltene Luft in kurzen, kontrollierten Stößen an seinen Zähnen entlang und öffnete die Lippen einen schmalen Schlitz breit. Als er sein eigenes, an einen Vogel erinnerndes Trällern vernahm, strebte er los und sah aus dem Augenwinkel zwei seiner Bandengenossen gleichzeitig auftauchen. Nach seinen ersten zielstrebigen Schritten fiel ihm plötzlich etwas allzu Vertrautes ins Auge, was ihn für einen Moment irritierte, aber er ging einfach weiter.

Er war der Erste, das musste auch so sein! Doch als er zugriff, gruben sich auch schon Konrads Hände neben den seinen in den großen Korb, auf den sie es abgesehen hatten. Diese kleine Ratte! Alles lief wie gewünscht, wenn das kein Kinderspiel war! Wilm füllte beide Hosentaschen und stopfte dann eine von den Jackentaschen voll. Allerdings vergeblich, denn seine Beute kullerte geradewegs durch.

Er stieß einen leisen Fluch aus und prallte in dem Augenblick, als er sich umdrehte, mit einem Körper zusammen. Es war Lene, über die er fiel. Es war also doch ihr rotbraunes Röckchen gewesen, das er vorhin aus einem Augenwinkel wahrgenommen hatte. Der dumpfe Ton, als ihr strohblonder Kopf auf einen der Straßensteine schlug, entging ihm nicht. Blitzschnell rappelte er sich hoch, packte die Kleine an der Schulter und riss sie auf die Beine. Sie war leicht wie eine Fliege. Mit beiden Händen hielt sie ein paar winzige Kartoffeln umklammert. Konrad war schon fast in der Straße verschwunden, in die Wilms Blick eben fiel, und auch der zweite seiner Kameraden rannte bereits in dieselbe Richtung davon. Jetzt waren er und Lene wohl die Letzten. So schnell wendete sich das Blatt.

„Los!", zischte er, griff fest nach einem ihrer Handgelenke und begann zu laufen, das Mädchen, das keinen Laut von sich gab, hinter sich herziehend.

Es war keinen Moment zu früh, denn schon gellten die Schreie der Marktfrau in seinen Ohren. Doch er hatte dergleichen viel zu oft gehört, als dass es ihm noch Respekt oder gar Angst einjagen konnte. Sie liefen nicht lange. Sobald sie in eine der nächsten querenden Straßen gebogen waren, gab Wilm Lenes Arm frei. Sie schaute nur kurz zu ihm auf und er bedeutete ihr mit den Augen, dass sie nun einfach ganz normalen Schrittes nebeneinanderher gehen würden. So erregte man am wenigsten Verdacht. Er wusste genau, dass sie an diesem Morgen nicht verfolgt werden würden. Zu sehr waren die Menschen mit sich selbst beschäftigt, zu ungemütlich saß die noch kühle Morgenluft in ihren müden Gliedern, um sich nach ein paar unscheinbaren Kindern umzusehen. Die Marktfrau war viel zu dick, um sich schnell genug vorwärtsbewegen zu können, und von den übrigen Kleinhändlern hatte keiner das geringste Interesse daran, den verloren gegangenen Waren anderer hinterherzulaufen und damit seine eigenen unbeaufsichtigt zu lassen.

Wilm hatte seine Beute längst gezählt, als er mit einem knappen „Wie viele?" Lene herausforderte, die Fäuste zu öffnen. Es waren sechs kleine Knollen, an denen noch sandige Erde klebte. Nicht einmal das, was Lene selbst brauchte, um für einen Tag halbwegs satt zu werden.

„Hat dich der Hafer gestochen oder was denkst du, mir einfach hinterherzulaufen?! Nun hast du ja gesehen, dass du noch viel zu dumm bist, um mitzuhalten, stattdessen stehst du uns im Weg! Was, wenn Konrad über dich gestolpert wäre? Er hätte dich einfach liegen lassen und wäre abgehauen, und gnade dir Gott, wenn die Dicke dich erwischt hätte, sie hätte dich kurz und klein geprügelt und ins Loch stecken lassen! Ich hatte dich gewarnt, aber du?!" Wilm würdigte die kleine Schwester keines Blickes während seiner Schimpftirade. Aber er wusste ohnehin, was in ihrem Gesicht vorging – und auch, dass er keine Antwort erhalten würde, weder einen Protest noch eine Verteidigung.

Und genau in diesem Moment loderte der Zorn in ihm auf, es überfiel ihn sozusagen eine Wut wie eine von den Wellen, die sich am Großhafen mit aller Kraft an der Kaimauer brachen und ihre Gischt emporspritzen ließen. Er riss Lene zu sich herum und bog ihre Fäuste auf. Er sah nur auf ihre kleinen schmutzigen Finger. Doch als die sechs Kartoffelknollen an die Wand des gegenüberliegenden Hauses schlugen und dann müde auf die Erde kullerten, konnte er Lenes Blick nicht mehr ausweichen. Er durchfuhr sein Herz.

Erneut packte er sie am Handgelenk und riss sie im Laufschritt mit sich fort. Ihre Augen waren geweitet, ebenso ihr Mund, dennoch drang kein Ton heraus.

Ihre Reglosigkeit machte Wilm rasend. Er rannte mit ihr den ganzen Weg. Er hörte ihren Atem, der immer lauter wurde, bis sie die Luft geräuschvoll einsog. Er merkte, wie sie trotz ihres geringen Gewichtes immer schwerer wurde, ihre Füße längst nicht bei jedem Schritt mehr den Boden berührten und ihre Knöchel auf der Erde aufschlugen. All das veranlasste ihn jedoch nicht, sein Tempo zu verringern. Wenn ihre Stimme auch keinen Laut von sich gab – ihr Körper war wenigstens imstande, ein Geräusch zu verursachen, und das bewies ihren Widerstand, und dieser Widerstand bewies ihre bloße Existenz. Wilm hörte erst auf zu laufen, als sie vor dem Haus standen, in dem sie seit dem letzten Frühjahr eine neue Bleibe gefunden hatten. Er stieß die Tür auf und Lene vor sich her in das Halbdunkel des Flures, ohne die Tür erneut hinter sich zu schließen. Kaum eine Minute später verließ er das Haus wieder, die wenigen geraubten Kartoffeln und die kleine Schwester sich selbst überlassend.

Es würde ein weiterer dieser Tage werden, die nicht auszuhalten waren. Er würde nicht besser sein als der gestrige und der davor. Noch immer saß ihm der Anblick des jungen Mannes in den Knochen, dem er am Sonnabend begegnet war, unweit von seinem Zuhause. Kaum größer als er selbst, mit struppigen Haaren und unnatürlich weißer Haut, war er wie aus dem Nichts aus der Dämmerung getaucht. Wilm war gerade von einer Straße in die andere gebogen und hatte sich fürchterlich erschrocken ob dieser Gestalt. Dabei war der Grund nicht, dass sie so unerwartet vor ihm stand. Damit war immer zu rechnen. Das Schlimmste war, dass dieses verstörende Wesen nur ein Hemd trug. Nichts als ein lächerlich lumpiges und viel zu kurzes Hemd. Es war ein junger Mann mit dem Gesicht eines Kindes, höchstens zwei oder drei Jahre älter als er, Wilm. Endete man so, wenn man aus irgendeinem unerfindlichen Grund dazu verurteilt schien, hier in diesem Viertel zu leben? So wie dieser große Junge daherkam, konnte man sich nicht einmal mehr auf den Markt wagen, um gelegentlich ein paar Kartoffeln oder Äpfel zu stehlen. Bliebe einem dann nur noch die Dunkelheit?

Wilm schauderte und ihn fröstelte das erste Mal an diesem Morgen. Er bohrte die Hände in die Hosentaschen und fühlte, wie sich die trockene Erde unter seine Nägel grub. Er musste weg. Raus hier. Und er wusste auch, wohin.

Er ging mit dem genau richtigen Tempo, nicht zu langsam und nicht zu schnell. Er hoffte, Konrad nicht zu begegnen. Sollte er sich zum Teufel scheren mit seiner Beute! Der Morgen heute hatte ihm gezeigt, dass der Kleine ihm langsam gefährlich zu werden begann. Er wurde immer schneller; wenn sie es gemeinsam auf ein Objekt abgesehen hatten, war Konrad immer öfter genauso rasch am Ziel wie er. Dabei war es seltsam mit Konrad: Obwohl ein Jahr älter als Wilm, war er kleiner. Und er war wendiger. Man munkelte, dass Konrad das Kind eines Portugiesen war. Ob es damit zusammenhing? Man wusste es nicht. Er würde einfach zusehen müssen, dass er ihn nicht übertrumpfte. Für den Rest des heutigen Tages würden sie es jedenfalls vermeiden, sich noch einmal zu treffen, so war die Vereinbarung, wenn sie auf Jagd waren, wie sie es nannten.

Er war froh, als ihm endlich die deutlich vernehmbaren Gerüche des Hafens in die Nase stiegen. Vielleicht konnte er eine Arbeit ergattern, deren Lohn ihm wenigstens für heute etwas in den Magen bringen würde. Sein Ziel war klar. Immer war es dieser eine Kai, zu dem seine Schritte gingen, fast wie von allein. Und er wusste auch, warum. Hier war Otto aufgestiegen. Otto, der fast immer das Glück gehabt hatte, beim Löschen und Beladen einen Hilfsdienst zu ergattern, weil er stark war und schnell. Ob er mittlerweile aussah wie ein richtiger Mann, vielleicht wie ein reicher? In Amerika wäre alles möglich, erzählte man. Vielleicht würde er eines Tages an der Reling eines dieser stolzen Segler stehen, mit einem guten Tuch bekleidet, mit einer goldenen Uhrenkette zwischen Hemd und Wams wie die hiesigen Pfeffersäcke. So würde er auf seine Heimatstadt blicken, voller Genugtuung, weil er endlich beweisen konnte, dass er es auch zu etwas gebracht hatte. Er, Otto Vandeeren.

Als Wilm an diesem Morgen aus der letzten Gasse trat und auf das rege Treiben blickte, das hier bereits herrschte, hing er einmal mehr dieser schönen Vorstellung nach und achtete für einen entscheidenden Moment nicht auf das, was um ihn herum vorging.

***

Die Dunkelheit hatte sich bereits fest über die Stadt gelegt, als Wilm nach Hause schlich. Ihm war, als würde ihn nicht nur die herannahende Nacht verschlucken, sondern die seines ganzen bisherigen Lebens. Er war ein Taugenichts! Es hatte weder zu etwas zu essen noch für einen Verdienst gereicht heute, und das war lange nichts gegen das, was ihm drohte. Jetzt hatte er Schulden! Allein das Wort jagte ihm Angst ein. Wenn er das nur Vater verheimlichen konnte! Ob dieser schon zu Hause war? Wohl ziemlich sicher nicht. In diesem Fall empfand Wilm es zum ersten Mal als eine Art Glück. Er würde bis zum Sonntag Zeit haben, um das Unglück wiedergutzumachen. *Wie viel* Glück es dazu brauchte, konnte er sich gar nicht ausmalen. Das hatte er nun davon!

Während er in der irrigen Vorstellung eines reichen Bruders schwelgte, hatte er für einen entscheidenden Augenblick die hochgeladene Karre eines Trägers übersehen. Binnen weniger Minuten war ein menschliches Ungewitter über ihn hereingebrochen, dem er sich gedemütigt ausgeliefert sah, inmitten von feinem weißen Zucker am Boden liegend. Noch jetzt sah er innerlich vor sich, wie das Blut aus der Schramme an seiner Schläfe auf das kostbare Weiß getropft war und es hellrot durchsickert hatte. Er fasste sich an die Beule, an der die Haare klebten. Wenn es doch nur *das* gewesen wäre! In diesem Moment wünschte er sich, es endlich einmal seinem Vater gleichtun zu können; in eine der Schankstuben zu gehen und sich zu betrinken. Bis man alles vergaß. Ob er es doch einfach versuchen sollte? Er wusste, wo diese Lokalitäten zu finden waren. Alle Jungen in seinem Alter wussten das. Das Einzige, worauf er achtgeben musste, war, dass er nicht eine erwischte, in der sein Vater sich aufhielt, aber das würde auszuspionieren sein. Möglicherweise war Konrad auch irgendwo in der Nähe eines dieser Orte zu finden. Nun, da der Tag zu Ende war, konnten sie sich wieder zusammen blicken lassen und sich gegenseitig behilflich sein.

Wie die meisten Jungen in seinem Alter wusste Wilm auch, dass es außer Bier und billigem Schnaps in vielen der Spelunken noch etwas anderes gab. Er fasste noch einmal an die dicke Beule, die sich aus seiner linken Schläfe wölbte. Jetzt schmerzte sie, empfindlich sogar. Er prüfte seine Finger. Sie waren trocken. Er schluckte und verlangsamte seinen

Schritt. Hier würde es langgehen, falls ... Er blieb für einen Moment stehen, was man um diese Uhrzeit eigentlich besser nicht tat, aber es war ihm danach. Er sah sich um, unschlüssig. Jetzt!?

Nein!, durchfuhr es ihn. *Nein und nochmals nein!* Er konnte es nicht! Er wollte es nicht! Aber nicht des Bieres wegen – er hätte nichts gegen einen Rausch, der ihn vergessen ließ, welch dumme Gestalt er gerade abgab und wie hilflos er sich fühlte. Es war dieses andere, was er nicht sehen und nicht ertragen konnte und woran er sich nicht beteiligen wollte. Lieber war er einer, der Schulden hatte. Schulden von verstreutem Zucker, weil er wie ein Narr einem Tagtraum nachgehangen hatte. Morgen würde er früh am Hafen sein, so früh es sein Schlaf nur zuließ. Er würde achtgeben, wenn Vater aufstand, und sich dann, wenn dieser das Haus verlassen hatte, in genügend großem Abstand auf den Weg machen. Er musste es bis Sonntag schaffen, er würde um eine Arbeit betteln, wenn es sein musste, wie ein hungriges Tier. Er begann zu laufen. Immer schneller. Das Blut in seiner Schläfe begann zu pulsieren und schmerzte in seiner Beule. Es war ihm egal.

Wenige Minuten später betrat er den stockfinsteren Flur, der zu ihrer Wohnung führte. Er brauchte kein Licht. Zu gut kannte er jede noch so kleine Unebenheit. Drinnen war es nur wenig heller, woran nicht zuletzt die getrübten Fenster schuld sein mochten. Wilm legte Wams und Hose ab und stieg in sein Bett. Trotz der Dunkelheit konnte er erkennen, dass es schon belegt war. Lene lag mit dem Gesicht zur Wand, was sie eigentlich nie tat, so gut wie nie. Dabei war es genau das Richtige heute, als hätte sie es gewusst. Denn so konnte er sich auf seine rechte Seite hinter sie legen. Lene rührte sich nicht, als er unter die Decke schlüpfte und dabei versuchte, seine und ihre nackten Füße ebenfalls zu bedecken. Sie zuckte zusammen, als er mit den seinen an die ihren stieß – sie waren eiskalt –, aber sonst ließ sie nichts vernehmen, ihr Atem ging ruhig und gleichmäßig. Wilm versuchte, eine bequeme Lage zu finden, was ein paar Momente dauerte. Über seinem Unglück mit dem Zucker hatte er den Rest des Tages schon beinahe vergessen. Doch jetzt, als er Lenes kleinen und zarten Körper spürte, überfiel ihn die Erinnerung an den Morgen und noch eine ganz andere gesellte sich dazu. Die an seine Mutter. Er schluckte. Lene durfte nicht so enden! Nicht so klaglos, nicht so stumm wie ihre Mutter, so unerbittlich hingegeben an das Schicksal eines Mädchens, an das einer Frau. Das war es wohl einmal mehr gewesen, was ihn heute Morgen hatte so rasend werden lassen, Lene gegenüber: Dass sie sich nicht gewehrt hatte, als er gemein zu ihr gewesen war. Dass nicht einmal der Anflug einer Verteidigung aus ihrem Mund kam, als er sie gescholten hatte wegen ihres ersten, etwas missglückten Versuchs, ihn beim Stehlen zu unterstützen. Als er ihre mühsam umklammerten Kartoffeln so böse vernichtete und dann noch immer kein Ton aus ihrer Kehle gedrungen war, war er so lieblos mit ihr umgegangen, hatte sie so grob hinter sich her geschleift – aus lauter Wut und lauter Verzweiflung über ihr ewiges, stilles Dulden. Als wäre es das Einzige, das Lene von ihrer Mutter gelernt hätte und ihr geblieben war: stumm leiden zu können. Ohne das leiseste Wort einer Klage, eines Widerspruches und ohne den leisesten Ton eines Schmerzes. Ihre Füße hatten nur gezuckt, als er sie berührt hatte, vorhin. Doch sie mussten sie sehr schmerzen, das konnte gar nicht anders sein, er wusste es genau!

Wilm tastete nach ihrem Gesicht und fuhr mit seiner Hand über ihre Stirn und ihre dicken Haare. Die Tränen strömten ungehindert über sein Gesicht. Lene war sein einziger Schatz! Sein Schatz, den er beschützen musste, denn das würde sie wohl niemals für sich selbst tun. Erst jetzt begriff er, was das bedeuten konnte. Diese kleine Schwester würde vermutlich bereit sein, alles zu tun, um ihre noch übrig gebliebene Familie zu erhalten; ihr eigenes Leben, sein Leben, das ihres Vaters, obwohl dieser trank und gelegentlich prügelte. Sie würde stehlen wie Wilm und möglicherweise, wenn sie älter wurde, genau wie diese Mädchen ... Ihretwegen hatte er es nicht fertiggebracht, vorhin in eines dieser Lokale zu gehen. Er würde es nie ertragen, wenn Lene so etwas tun würde. Nie! Er vergrub sein Gesicht in ihrem Haar und tastete vorsichtig mit seinen Füßen noch einmal nach den ihren. Sie waren wärmer als vorhin.

„Verzeih!", flüsterte er, „verzeih!"

Dann wischte er sich mit dem Handrücken das Gesicht und fuhr Lenes Arm entlang, bis er ihre Hand erreichte. Als er bemerkte, dass sie darin etwas umklammert hielt, erschrak er beinahe, weil ihm sofort wieder die Kartoffeln vom Morgen einfielen. Doch Lene drehte sich blitzschnell auf den Rücken und suchte ihrerseits im Dunkel eine von seinen Händen.

„Hast du Hunger?", flüsterte sie.

Das Brot schmeckte wunderbar – frisch, warm, weich, voller Aroma. Wilm konnte sich nicht daran erinnern, je so etwas unsagbar Köstliches gegessen zu haben.

Es schien, als hätte sich ein Sommertag verirrt. Der Himmel war voller Blau, kaum eine Wolke ließ sich sehen und die Sonne wärmte zur Verwunderung aller noch genug. Sie hatten beschlossen, sich, solange es nur ging, auf der Rückseite des Hauses im Freien niederzulassen. Amalie genoss jede Minute. Dies unverhoffte kleine Glück zauberte ein Lächeln auf ihr Gesicht.

„Amalchen", hatte ihr Vetter sie vor einigen Tagen beschworen, „dein Mädchen versteht es doch, die besten Gewürzkuchen zu backen. Ich finde, dass wir uns dieser Köstlichkeiten wieder einmal annehmen sollten!"

In derselben unbefangenen Weise, wie sie schon als Kinder miteinander umgegangen waren, hatte sie bei dieser kleinen Schmeichelei ihren Cousin kräftig in den Bauch gestupst, woraufhin er blitzschnell ihren Finger schnappte und so tat, als würde er hineinbeißen. Nur quiekte Amalie dabei nicht mehr, wie sie es als kleines Mädchen getan hatte, sondern sie lachten herzlich miteinander.

„Du unverbesserlicher Schelm, sag mir, was du schon wieder im Schilde führst!", hatte sie ihn herausgefordert, nachdem er unangemeldet, wie meistens übrigens, in ihrem kleinen Salon erschienen war und noch unter dem Türrahmen ihr diese Frage stellte, die natürlich in Wirklichkeit eine Art Befehl war. Sie kannten sich lange genug.

Karl Sieveking war ein angesehener Mann von fünfundvierzig Jahren, in hohen Staatsdiensten und hatte ihrer Heimatstadt Hamburg längst seinen Stempel aufgedrückt, nicht nur in diplomatischen und ökonomischen Belangen. Neuerdings ging er mit der Gründung eines Kunstvereins einher. Junge, talentierte und häufig mittellose Maler zu fördern, bereitete ihm persönliches Vergnügen. Auch wenn Karls Kindheit, obwohl er den Vater früh verloren hatte, sehr viel glücklicher und wohlhabender verlaufen war als Amalies, hatte dies an ihrer innigen Verbundenheit nichts geändert. Sie war sogar noch stärker geworden. Mit Karl teilte Amalie ihren Glauben. Nachdem sie nach den Eltern und zwei Brüdern schließlich auch ihren innig geliebten Bruder Gustav vor Jahren hatte begraben müssen, war er es aus ihrer Verwandtschaft gewesen, mit dem sie sich auch in geistlichen Belangen verstand und austauschen konnte.

Nur eine einzige Sache neidete sie ihrem Cousin in der Tat ein bisschen: dass er ein Mann war. Was konnte man alles in Bewegung setzen, wenn man über das richtige Geschlecht verfügte! Sie hingegen, vor allem als unverheiratete Frau, musste immer alles unter größten Mühen in Gang bringen. Ein Frauenzimmer ohne Gatte war scheinbar nur die Hälfte wert. Warum eigentlich? Sie würde es niemals begreifen. Es fehlte einem weder an Verstand noch an Einfällen, nicht an Entschlossenheit und nicht an Mut, ja nicht einmal an Tatkraft, auch wenn man keinen Mann zum Heiraten abbekommen hatte. Sie selbst bewies es immer wieder. Zuletzt im vergangenen Jahr, als die Cholera gewütet hatte und Amalie sich nicht zu schade gewesen war, sich in den Armenhäusern als Pflegerin zu Verfügung zu stellen. Daraufhin hatte sie einen Verein für Kranken- und Armenpflege ins Leben gerufen, der beständig wuchs.

Doch jedes Mal musste sie aufs Neue vehement für sich eintreten, wenn sie ihre Ideen und Pläne voranbringen wollte. Ihre Schriften, die sie veröffentlichte, musste sie am besten unter der Verschweigung ihres Namens herausgeben. Wenn sie es wagte, das nicht zu tun, sorgten diese für Aufruhr und Unmut, selbst unter nicht wenigen ihrer Glaubensgenossen. Dabei war es immer dasselbe. Man unterstellte ihr nicht Unwissenheit oder gar Dummheit, dafür aber – und das war das Schlimme daran – weibische Geltungs- oder gar Herrschsucht. Es war so demütigend und traf Amalie zutiefst, aber aufgeben wollte sie dennoch nicht. Sie sagte sich, dass sie ihren Herrn Christus auf ihrer Seite hatte, der wohl am besten wisse, was in ihr vorging, und dass sie angespornt von seiner Liebe und seinen Geboten handelte. Auf ihren Vetter Karl konnte sie bauen; er war meistens „im Schwung", wie er seine eigene Energie und seinen Ideenreichtum nannte, und immer dafür zu haben, die Dinge zu verbessern. Vor allem zugunsten der Armen und der vernachlässigten Menschen. Karl fand nichts Anstößiges daran, wenn Frauen etwas zuwege brachten, und wie seine Cousine konnte auch er beim besten Willen weder glauben noch erkennen, dass Gott von den Frauen geringer dachte als von den Männern.

„Er schuf sie beide nach seinem Bilde!", lautete meistens sein klares, knappes Wort, wenn eine Frage wie diese gestellt wurde oder manchmal auch nur in der Luft hing. Und das tat sie mit Regelmäßigkeit. Amalie kannte kaum jemanden, der wie er dieses Objekt unerfreulicher Wortgefechte mit Bestimmtheit beantworten oder im Keim ersticken konnte. Ja, sie hatten sich auch schon gemeinsame Feinde geschaffen darüber, was Frauen durften oder nicht, aber Karl konnte in beeindruckend fröhlicher Weise selbst über solches hinwegsehen und trotzdem tun, was er für richtig hielt. Möglicherweise lernte er solches eben auch in seinen diplomatischen und ministeriellen Ämtern, so erklärte sie es sich.

***

Karl

Der Syndicus trat ins Freie. Er ließ seinen Blick schweifen und schmunzelte. Sie würden eine durchaus illustre Gesellschaft abgeben an diesem Sonntagnachmittag. Es war ihm so ganz danach. Er war im Schwung. In diesem seinem Schwung hatte er sich schon neulich eine der Bauernkaten noch etwas genauer angesehen. Draußen, auf dem Horn, wo die Eltern seiner Frau bereits seit Jahren Besitzungen hatten. Ein stattlicher Kastanienbaum stand in dem Gartenstück davor und beschattete einen Brunnen. Auch ein Fischteich gehörte zu den paar Morgen Land, die der Kate zugeschrieben waren, und es erschien ihm, als müsse er sie besitzen. Wofür, wusste er nicht, aber was tat es? In Gedanken hatte er bereits alles so gut wie erworben, was seinem Schwung noch etwas mehr Auftrieb verlieh. Sein Blick blieb an seiner Cousine hängen, die mit geschlossenen Augen die Novembersonnenstrahlen auf ihrem Gesicht ganz offensichtlich zutiefst genoss.

Zwei von den Gewürzkuchen hatte er sich vorab schon stibitzt und biss in den ersten vorsichtig hinein. Er kitzelte mit einer deutlich weihnachtlichen Vorahnung seinen Gaumen. Karl hatte Mitschuld an dem köstlichen Gebäck, was ihn diebisch freute. Einem seiner guten Kaufmannskontakte war es zu verdanken, dass der Haushalt, in dem Amalie seit vielen Jahren lebte und der einer ihrer entfernten Verwandten gehörte, mit den Gewürzen direkt versorgt wurde, zu annehmbaren Preisen für ihre Umstände. Amalie hatte sich des

Sohnes dieser Verwandten angenommen und ihn erzogen. Aus der kleinen Spielkameradin ihrer Kindertage war eine Frau der Tat geworden. Zwar durch den zu frühen Tod beider Eltern nicht vermögend, was den Besitz anbetraf. Und auch, was ihre Seele betraf, war sie erschüttert durch den Verlust von drei ihrer vier Brüder. Was allerdings das Gemüt und den Geist anging, war Amalie mehr als reich. Reich und großzügig im Denken und Handeln. Wo immer sie Not oder irgendetwas im Argen sah – sie war nie gewillt, dies einfach nur hinzunehmen. Sie gehörte nicht zu jenen Damen, die sich bei einem Kaffeekränzchen nur über das Elend anderer ausschütteten, anstatt etwas dagegen zu unternehmen.

Beinahe unerschütterlich schien Karl ihr Vertrauen, als deren Quelle er nur ihren Glauben ausmachen konnte. Manchmal zeigte sie sich darin so kindlich einfach, dass es ihn tief berührte. Dann wiederum konnten ihre Darstellungen und Auslegungen biblischer Worte so einleuchtend und überzeugend sein, dass man dachte, einen Gelehrten vor sich zu haben. Es gefiel ihm, denn er war selbst einer, der es für notwendig hielt, den Dingen auf den Grund zu gehen.

Nicht zuletzt Amalies wegen war er mit der Zeit immer mehr zu der Gewissheit gelangt, dass Gott Mann und Frau gleichermaßen mit allen Gaben seines Geistes und seiner göttlichen Wesensausstattungen übergießen wollte. Sein Wort sprach über die, die ihn liebten und die es zuließen, von ihm geliebt zu werden. Das, was einem gemäß der Verheißungen zuteilwerden sollte, galt es zu empfangen. Glaubend, betend und voller Erwartung. Karl konnte, je länger je mehr, beim besten Willen keinen Grund dafür finden, dass Frauen bewegungslos unter ihren gefältelten Hauben schweigend die Köpfe senken, stillhalten oder gar ahnungslos bleiben sollten. Wofür hatte ein unvorstellbar reicher Gott solch wundervolle Wesen erschaffen, nur damit sie ihr Leben wie ein zusätzlicher Schmuck in einem wohlausstaffierten Haus fristeten? Oder um klaglos dem Leben, den Männern zu Diensten zu sein?

Amalie erinnerte ihn oft an seine Mutter, die eine kluge Person war und nicht schwieg. Auch Caroline, seine eigene Frau, war keine von denen, die sich allein aufs Schmücken und Ausstaffieren verstanden. Eine andere hätte ihn auch gelangweilt. Caroline hatte ihm mittlerweile eine große Familie geschenkt. Karl liebte Kinder. Kinder brachten Schwung. Und Schwung war eben wichtig. Allerdings musste man wissen, wie man die Schwünge leiten musste, damit man nicht ins Schlingern geriet und das, wofür sie gedacht waren, der Gefahr einer Havarie aussetzte. Erst gestern hatten sie eine solche hinnehmen müssen im Haus seines Schwiegervaters. Der alte Chapeaurouge und seine Frau hatten einige Jahre lang nach den Ideen des Schweizer Pädagogen Pestalozzi mittellose Kinder zu Handwerkern ausbilden lassen; aber das so wohlgemeinte Unternehmen hatte mit der Zeit derart viele Schwierigkeiten eingebracht, dass es nicht mehr länger zu lenken war. Der letzte Zögling dieses Unternehmens war eben entlassen worden. Ein mit Begeisterung begonnenes Werk nicht dem erwünschten Erfolg zugeführt zu haben, bedeutete natürlich eine Niederlage. Caroline litt darunter um ihrer Eltern willen, auch wenn ihr Vater diesen Untergang zum Glück nicht mehr erleben musste. Karl litt durchaus auch. Dennoch versuchte er zu trösten. Etwas Derartiges aufgeben zu müssen, war kein Weltuntergang. Manch ein Unternehmen hatte eben nur die Gültigkeit von ein paar Jahren; man konnte das nicht immer schon im

Vorhinein sagen. Zwar musste, wer niemals etwas anpackte, auch niemals etwas verloren geben, doch um die Freuden des Gewinns war es dann auch nicht besonders gut bestellt. Und ihm war eindeutig das Zweite lieber, auch wenn es manches kostete.

Das Einzige, was ihn an dieser Sache wirklich sehr unzufrieden zurückließ, war die Not von Kindern aus schlimmen Verhältnissen. Dagegen galt es anzugehen. Mit Schwung und Tatkraft eben, vor allem aber, weil einem das Evangelium dieses auftrug. Besonders in einer Stadt wie der seinen. Eine Stadt, in der sich Wohlstand und Ansehen täglich die Hand gaben, eingefasst in den dicht geschlossenen Ring einer Gesellschaft, aus dem man nicht mehr hinauszusehen bereit war. Es gab in den bürgerlichen Schichten seines Standes tatsächlich nicht wenige Männer und Frauen, die ihn jedes Mal ungläubig anstarrten, wenn er die Gelegenheit nutzte, um über die drohende oder bereits geschehene Verelendung der Arbeiter- und Tagelöhner-Familien zu sprechen. Man wollte in manchen Kreisen offenbar nicht wahrhaben, dass Kinder in einer stolzen Hansestadt wie Hamburg über die Verhältnisse hart arbeiten oder gar Essen stehlen mussten, um zu leben. Das war es, was ihn aus verschiedenen Anlässen seit Wochen beschäftigte und was ihn vor ein paar Tagen kurzerhand zu seiner Cousine getrieben hatte, die nun so still genießend vor ihm saß. Noch immer hielt sie die Augen geschlossen. Ihre für eine Frau eigentümlich großen Hände lagen auf ihren Knien, während ihre Handflächen weit geöffnet waren, als würde sie damit die Sonne in Empfang nehmen wollen. Das war einer der Momente, in denen ein weltgewandter Mann wie er einen Kloß im Hals spüren konnte. Zum Glück konnte man solche Klöße nicht sehen.

„Und? Wie schmecken sie?“

Er verschluckte sich wie ein ertappter Schuljunge.

„Bestens also!“, übertönte Amalies herzhaftes Lachen seinen Husten. Dann sprang sie auf. Frisch, beinahe wie ein junges Mädchen, obwohl sie bald vierzig Jahre alt war. Am liebsten hätte Karl sie auf die Stirn geküsst, es wäre ein Leichtes, sie war erheblich kleiner als er. Aber er unterließ es dennoch, weil ihn diese alberne Kopfbedeckung behindern würde. Wenn es nach ihm ginge, hätte er Hauben längst abgeschafft. Aber in solch einfachen Belangen fragte ihn niemand um seine Meinung.

Neben seiner Cousine erwartete er heute noch einige weitere Menschen. Einen von ihnen würde er zum ersten Mal treffen und konnte es kaum erwarten. Es war ein junger Mann, ein Hamburger Bürger, ein Theologe, der bei Pastor Rautenberg und Johann Oncken in deren Sonntagsschule in St. Georg als Lehrer arbeitete. Jedoch, was seine Neugierde kaum mehr bremsen konnte: Dieser junge Mann war wohl auch ein Freund seines eigenen Freundes August Neander, der seit Jahren in Berlin einen Lehrstuhl für Kirchengeschichte innehatte. Mit August, der damals noch seinen Geburtsnamen David Mendel getragen hatte, hatte Karl einst im Johanneum die Schulbank gedrückt. Ihre beiden Abschlussreden wurden von ihrem damaligen Direktor als Musterbeispiel dafür veröffentlicht, wie weit man es mit Fleiß bringen könne. August war erst sechzehn Jahre alt gewesen, als er seine gekonnte und geschliffene Rede über das Bürgerrecht der Juden verfasst hatte, während er selbst, Karl, über das Verhältnis von Bildung und Staatsverfassung gesprochen hatte.

Manchmal hing Karl den geisteswissenschaftlichen Studien seiner Jugendzeiten ein wenig nach und betrauerte es, sich diesen heute so selten mehr widmen zu können. Deswegen bedeutete es ihm umso mehr, Künstler, Theologen und Pastoren, Schriftsteller und Liederdichter zu seinen Freunden zählen zu dürfen. Denken und handeln zu können, das war es, was ihm seine Berufung bis heute kostbar machte.

„Amalie", sprach er seine Cousine an und betonte, wie gewohnt in diesem Fall, das zweite „a". So ausgesprochen lag deutlich mehr Gewicht auf dem Namen und ließ ihn fast männlich klingen. Doch er kam nicht weit, denn sie unterbrach seinen Satz zum zweiten Mal. „Ich denke, du solltest zur Tür gehen, ich höre einen Wagen!"

„Wahrhaftig, auf die Minute!"

Mit einer gekonnt unauffälligen Geste hatte Karl einen knappen Blick auf seine Uhr geworfen und ließ sie bereits wieder in der schmalen Taschenöffnung seiner Weste verschwinden. Mit einer nicht weniger knappen Bewegung fasste Amalie sich für einen Moment an ihre Brosche, die sie an ihrem Kragen trug.

Weil die Sievekings ihren Bediensteten, wenn es nur irgend möglich war, sonntags für die meisten Stunden des Tages freigaben, ging Karl heute selbst zur Tür. Abgesehen davon hätte er es gar nicht gemusst, denn zwei seiner Kinder sprangen bereits die Treppe herunter, während Caroline mit dem Säugling im Arm oben erschien.

Als der Senator dem eben angekommenen Wagen entstieg, tauchte von links bereits der nächste Wagen in Karls Sichtfeld auf, und eben vernahm er erneutes Pferdegetrappel, das aus der anderen Richtung deutlich näherkam. Er spürte, wie Elisabeths Hand in die seine schlüpfte. Er sah auf die Kleine hinunter, die voller Freude auf und ab sprang. Er küsste sie auf den Scheitel. Bis jetzt war unter seinen Kindern eindeutig sie, die Älteste, der lebenslustige Wildfang. Was fühlte er sich reich! Gar zu artige Kinder waren ihm nun einmal nicht geheuer.

Die Hand des unbekannten Gastes kam ohne Zögern und ihr Druck war fest. Der Blick aus blauen klaren Augen war sicher, die Stimme angenehm warm und die eines ganzen Mannes. „Wichern, Johann."

Karl Sievekings Herz lachte. Der hier gefiel ihm, zweifellos. Der hatte Schwung!

Den Gewürzkuchen setzte dieser Sonntagnachmittag arg zu. Es war kaum ein Krümel mehr von ihnen übrig, als die Gäste sich zu vorgerückter Stunde verabschiedeten. Auch von den herzhaften Speisen des spät genossenen Abendbrotes war fast alles verzehrt. Bis auf einen letzten Rest war auch der Wein leer.

„Meine lieben Gefährtinnen", sagte Karl mit feierlicher Stimme, als er mit Caroline und Amalie im Schein einer letzten Lampe und vor der warmen Glut eines Kaminfeuers zusammensaß. „Ich glaube jetzt ziemlich sicher zu wissen, weswegen ich schon neulich meinte, unbedingt diese Kate dort draußen besitzen zu müssen."

Caroline lächelte ihn an, ein bisschen nachsichtig, so wie man einen heranwachsenden Sohn anlächelt, der den Eltern gerade seinen Beschluss eröffnet, einmal Schafzüchter zu werden, aus lauter Begeisterung, obwohl er noch gar nicht wissen kann, was das bedeutet. Sie liebte das an ihrem Karl, er konnte noch immer jugendliche Freude empfinden, wenn ihn ein neues Vorhaben packte. Dann erhob sie sich und trat zu ihm hin. Sie küsste ihn auf die Haare und fuhr ihm einmal über das Gesicht.

Karl hielt ihre Hand für ein paar Augenblicke und drückte sie fest an seine Wange, sah sie jedoch nicht an.

„Ich gehe schon mal etwas schlafen, der Kleine wird sicher bald wieder Hunger haben", verabschiedete Caroline sich, nicht ohne auch Amalie ihre Hand hingehalten zu haben, die sie – ähnlich wie ihr Cousin – für einen Moment festhielt und ihrer Schwägerin dann einen leichten Kuss auf die Finger drückte.

Auch als seine Frau den Salon verließ, rührte Karl Sieveking sich nicht. Weit zurückgelehnt in seinem Sessel ging sein Blick zu dem Fenster, in dem die Lampe stand. Amalie hingegen sah versonnen ins Feuer.

„Als du einst in Weimar warst ... bist du dort nicht auch schon diesem Falk begegnet?"

Hamburg, St. Georg, 1833

Lene

Lene stopfte schnell das Stoffbeutelchen in die Ritze zwischen den Brettern ihrer Bettstelle und drückte den Strohsack darüber. Es war schon so schmutzig, dass die gelbe Farbe, in der das *M* und das *V* so hübsch aufgestickt waren, schon lange nicht mehr leuchtete. Es war das Einzige, was sie von ihrer Mutter besaß. Alles andere hatte der Vater verkauft. Dann ging sie noch einmal nach draußen, um den Dreck von den Holzschuhen zu klopfen. Bis es fünf schlug, hatte sie Zeit, dann musste sie wieder los. Für einen Moment erwog sie, den Fußboden zu säubern, aber sie entschied, das zu verschieben. Sie musste ihre letzte Schürze unbedingt sauber halten, allerdings war das im Moment eine ziemliche Kunst. Es regnete viel, die Wege waren aufgeweicht und alles wurde schnell schmutzig. Sie musste unbedingt einen Waschtag halten, sonst wusste sie nicht, wie lange sie ihre Arbeit behalten konnte. Sauber müsse sie sein, das sagte man ihr wieder und wieder, ansonsten würde sie in hohem Bogen hinausfliegen.

Aber es wollte und wollte nicht Frühling werden in diesem Jahr, obwohl es schon April war. Und mit dem Frühjahr hoffte sie auch, dass Wilm wiederkäme. Er hatte es ihr fest versprochen. Sie glaubte daran. Sie glaubte Wilm immer alles. Er war mit einem Händler gezogen, der von Stadt zu Stadt ging. Er sprach eine lustige Sprache, dieser Mann, und man musste ihm eine Weile zuhören, bis man verstand, was er sagte, aber dann ging es. Der Mann handelte mit Spitzen und sonstigem Putz für Damenhüte und Kleiderverzierungen, aber auch mit allem möglichen Kram, den man zum Nähen und Flicken brauchte. Lene waren fast die Tränen gekommen, als Wilm ihr erklärt hatte, was er vorhatte, und sich bereits einige Tage darauf verabschiedet hatte.

Ihr Vater hatte bei Wilms Abschied nur wenige, dafür umso deutlichere Worte übrig gehabt für das, was ihre Brüder taten. „Der eine macht sich auf Nimmerwiedersehen nach Amerika aus dem Staub und der andere zieht mit einem hausierenden Juden. Feine Söhne sind das!"

Lene konnte nicht sagen, was mit einem Juden gemeint war; sie wusste nur, dass dieser Mann nichts Beängstigendes an sich hatte, als sie Wilm zu seinem Treffpunkt mit ihm begleitet hatte. Sie war sehr froh darüber, weil ihr Bruder demnach nicht mit einem bösen Menschen unterwegs sein würde. Wenigstens das half ihr, etwas über den Trennungsschmerz hinwegzukommen.

Wenn Wilm um sie herum war, fühlte sie sich beschützt, auch wenn er sie manchmal schimpfte und sehr ungehalten werden konnte, obwohl sie nicht jedes Mal wusste, weswegen. Dafür sprach er mit ihr. Er wärmte sie, wenn sie am Abend nicht einschlafen konnte, und er sorgte dafür, dass es etwas zu essen gab. Wenn ihr Vater eine Arbeit hatte, war er den Tag über meistens weg, kam abends erst spät nach Hause und schlief schnell ein. Manchmal war er ungehalten, dass kein Herdfeuer an war; manchmal erwischte sie auch eine Backpfeife, meistens jedoch nur, wenn er zu viel getrunken hatte und sie nicht flink genug war, ihm etwas zu bringen, was er einforderte. Dann konnte es sein, dass ihm die Hand ausfuhr, aber er schlug nie fest zu. Nur einmal war es furchtbar gewesen. Und bis heute hatte sie nicht herausgefunden, was der Grund dafür gewesen war.

Lene hatte schon geschlafen, als er hereinpoltert kam und laut vor sich hinredete, unzusammenhängende Worte. Plötzlich hatte er dann vor ihrem Bett gestanden und sich so tief über sie gebeugt, dass sie unwillkürlich seinem schrecklich riechenden Atem ausweichen musste. Und dann hatte seine Hand nach ihr getastet und sie gepackt. Sie war so erschrocken gewesen über diesen festen Griff, dass sie beinahe geschrien hätte. Dann war es losgegangen. Grün und blau waren ihre Arme und Beine anderntags gewesen und auch ihr Gesicht hatte dunkle Flecken gehabt, obwohl sie es zu schützen versuchte. Während er schlug, hatte er immer diesen einen Satz wiederholt, den sie anfangs gar nicht verstand und dessen Sinn sie bis heute nicht ganz begriff.

„Wehe, du wirst eine Hure, dann wird dich der Teufel holen!“

Genauso plötzlich hatte er dann von ihr abgelassen, war auf ihrem Bett zusammengesunken und hatte begonnen zu weinen. Lene hatte einige Momente gebraucht, bis sie begriff, was dieses befremdliche Geräusch nun bedeutete. Dann hatte sie noch eine ganze Weile einfach so dagelegen, ohne sich zu rühren, starr vor Angst, bis sie es kaum mehr aushielt. Aber erst als sie ganz sicher sein konnte, dass der regelmäßige Atem ihres Vaters bedeutete, dass er schlief, war sie aus ihrem Bett geschlichen, um sich auf die Küchenbank nahe der Tür zu legen.

Am nächsten Morgen war der Vater weg und sie hatte noch immer auf der Küchenbank gelegen, aber unter der dünnen Federdecke. Zwei volle Tage und Nächte war er daraufhin nicht erschienen. Vor allem in den Nächten hatte Lene jedes Geräusch in noch mehr Angst und Schrecken versetzt als sowieso schon. In dieser Zeit hatte sie Wilm so sehr vermisst, dass es beinahe so wehtat wie die Misshandlung.

Als der Vater dann an einem frühen Abend wiedergekommen war, hatte ein totes Huhn über seinem Rücken gebaumelt. Singend und pfeifend hatte er es zubereitet und Lene war heilfroh gewesen, dass genug Holz für ein Herdfeuer da gewesen war. Mit keinem einzigen Wort war er auf den Vorfall zu sprechen gekommen und ihr war es auch lieber so, denn sie wusste auch nicht, was sie hätte sagen sollen. Sie hatte solche Angst, irgendetwas zu tun, was seinen Zorn von Neuem heraufbeschwören konnte, dass sie lieber versuchte, schweigend und unauffällig zu erahnen, was das Richtige war, und möglichst freundlich auszusehen. Nur als ihr Vater den Arm nach ihr ausgestreckt hatte und seine Finger ihr

Gesicht berühren wollten, war sie unwillkürlich zurückgewichen und hatte ihn reglos angestarrt. Als er seinen Arm sinken ließ, wurden seine Augen für einen Moment ganz traurig. Obwohl Lenes Herz pochte wie wild, hatte sie ihn einfach anlächeln müssen; es war, als würde es ganz von allein passieren. Vier Tage lang hatten sie vom Fleisch und der Brühe des Huhnes gegessen, bis wirklich nichts Verwertbares mehr davon übrig war.

Lene hatte keine Ahnung, was eine Hure war, auch wenn sie das Wort gelegentlich von Wilms Kameraden hörte. Da sie aber nicht wusste, was es bedeutete, konnte sie auch nicht ganz sicher sein, dass sie wirklich nichts damit zu tun hatte. Aber der Satz ihres Vaters hatte sich so in ihr eingebrannt, dass sie ihn nachts manchmal träumte oder mitten am hellen Tag hörte, als würde ihn jemand laut hinter ihr herrufen.

„Wehe, du wirst eine Hure, dann wird dich der Teufel holen!"

Sie hatte schon mehrmals überlegt, einfach die Küchenfrau zu fragen, für die sie seit einigen Wochen Zwiebeln und Gemüse schälte, aber sie brachte den Mut nicht auf. Sie wagte es kaum, in deren Gegenwart zu sprechen, denn sie war ihr nicht gut gesonnen. Lene hatte die Arbeit ja nur ergattert, weil diese die Finger einer Hand im heißen Wasser verbrüht hatte und sich in der Gefahr glaubte, selbst ihre Arbeit zu verlieren. Also brauchte sie jemanden, der ihr so lange half, bis ihre Hand wieder funktionierte. Lene war glücklich gewesen, als ihr diese Frau ohne Umschweife abnahm, dass sie schon elf Jahre alt war. Dabei war sie gerade neun geworden. Ihren Geburtstag kannte sie, auch den von Wilm und sogar den von Otto – dem ältesten Bruder, an den ihre Erinnerung immer mehr verblasste. Nur beim Geburtstag des Vaters war sie sich nicht sicher. Und der von Mutter? Aber sie wusste, dass das Geschwisterchen an einem 25. Oktober geboren worden war. Das Jahr hatte sie vergessen. Jahreszahlen waren schwieriger als die von Monaten. Aber das Schwesterchen war dann nach einigen Tagen tot gewesen, so wie die Mutter auch. Wie schade, denn wenn es noch leben würde, hätte sie jetzt jemanden, mit dem sie reden oder den sie beschützen könnte.

Mit einem Mal spürte sie eine solche Müdigkeit. Morgen war Sonntag und sie würde heute Abend noch jede Menge Kartoffeln säubern und schneiden müssen. Seemänner konnten wohl Berge vertilgen. Wenn sie schnell war, würde sie ein paar Knollen mit nach Hause nehmen können, das hatte ihr die Köchin versprochen; ob sie dann allerdings von den ebenfalls versprochenen Münzen etwas zurückbehalten würde, war sich Lene nicht sicher. Sie mochte diese Frau einfach nicht, irgendetwas war falsch mit ihr, doch um etwas zu verdienen, musste man es aushalten. Sie war so stolz auf ihre Arbeit. Wilm würde Augen machen, wenn er zurückkam und sie ihm ihre Münzen zeigte! Ihre einzige Hoffnung war, dass der Vater diese nicht entdecken würde.

Sie musste eingeschlafen sein, denn als sie hochschreckte, war es stockfinster. Sie schoss auf die Beine, griff sich ins Gesicht, dann abwechselnd in ihre Haare und an ihre zerknitterte Schürze. Wie viel Zeit war nur vergangen, was hatte sie nur gemacht die letzte Stunde, geschlafen etwa? Alles war durcheinander in ihr.

Es musste weit nach fünf Uhr sein, denn sonst wäre es noch Tag. Sie rannte nach draußen, mit nackten Füßen, ohne an die Holzschuhe zu denken, aber das kalte Nass der Straße holte sie endgültig in die Gegenwart. Morgen würde es keine Kartoffeln geben, geschweige denn eine Münze. Ihre Arbeit war weg, das war klar. In die Nähe der Köchin würde sie sich nicht mehr trauen dürfen. Lene ging langsam zurück durch den finsteren Flur in die Wohnung. Sie legte sich in ihr Bett und schluchzte bitterlich.

***

Johann

Der Schlaf wollte sich nicht einstellen. Hatte er zu viel gewagt? Zu viel erwartet? Zu viel gewünscht? Zu viel gefordert? Er warf sich unruhig hin und her. Dabei schien alles doch so klar gewesen zu sein. Sein Ruf, den er fühlte von früher Jugendzeit an. Die eigenen Lebensumstände, die ihn von der Wohltat anderer abhängig hielten und ihn in die drohenden Abgründe von wirtschaftlicher Armut und gesellschaftlicher Isolierung blicken ließen. Die übergroße Dankbarkeit, zur gegebenen Zeit unterstützt und gefördert worden zu sein. Die Erfahrungen während seines Studiums und nun diese Arbeit hier, in der er täglich mit Menschen umging, die wie Schiffbrüchige waren. Umhergeworfen von den Wellen einer rauen See, das Ufer zwar erahnend, aber zu weit entfernt, um gerettet zu werden. Und dann der kaum in Worte zu fassende Zustand, sich selbst als einen Geretteten zu wissen, einen Freien. Einen Glaubenden, einen Hoffnungsvollen, einen Geliebten. Einen von der Liebe Gottes geradezu Überschütteten.

Einen Beschenkten. Allein was Senator Hudtwalcker ihm in Aussicht stellte, war mehr, als er je zu erhoffen wagte. Das

Geld würde kein Hindernis mehr für sein Vorhaben bedeuten. Er hatte so viele gewinnen können, die großzügig gaben, und etliche, die ihm schon jetzt bei seiner Besuchsarbeit in den Häusern der Armen bereitwillig halfen. Über etliche Geber war er tief beschämt, weil sie selbst keine Reichtümer besaßen, dafür aber sein Anliegen teilten. Durch den Bergedorfer Boten, den er kurzerhand ins Leben gerufen hatte und in dem er seine Idee der Rettungshäuser für Hamburg schriftlich verbreiten konnte, waren bereits nach der ersten Ausgabe Briefe und Spenden eingegangen. Besonders diese Gruppe christlicher Hausmädchen, die von dem wenigen, was sie selbst verdienten, bereitwillig abgeben wollten, rührte ihn bis heute; auch jener junge Schustergeselle, der auf die Zeitungslektüre hin an seiner Wohnung klopfte und dann schnell wieder verschwand, fast einen ganzen Wochenlohn bei ihm zurücklassend. Dass zu alledem ein Mann wie Sieveking diese Kate gekauft hatte zu einem Zeitpunkt, als sie sich noch gar nicht kannten, und diese dann, ohne lange zu überlegen, ihm bereitwillig für eine kaum nennenswerte Pacht überließ, machte Johann sprachlos. Karls Cousine Amalie gehörte schon seit seinen Studienzeiten zu seinen Unterstützern, dabei war sie selbst nicht wohlhabend. Zeichen und Wunder hatte der Herr versprochen und legte sie ihm vor die Füße. Ihm, der erst fünfundzwanzig Jahre alt war. Das wirklich Einzige, wessen er sich in den vergangenen Stunden noch sicher geblieben war, war dieser Ruf, den er schon als Schüler des Gymnasiums gehört hatte und dem seine Leidenschaft nach wie vor galt. Trotz dieser Wunder stand nun alles wie eine unüberwindliche Schwärze vor ihm. Er kam sich vor wie eine Schute, der man zu viel des Guten aufgeladen hatte und die nun die Strecke überwinden musste, die zwischen ihrem Mutterschiff und den Hafenmauern lag. Vermochte er all das ans sichere Land zu bringen, was er vor sich sah? In den vergangenen Stunden bezweifelte er es zutiefst. Er wälzte sich von einer Seite auf die andere.

„Du tust es doch nicht deinetwegen", versuchte er vernünftig mit sich zu reden. Er zwang sich, auf dem Rücken liegen zu bleiben, und starrte in die Nacht. Morgen würden sie in einem feierlichen Akt die Gründung einer ganz neuen Arbeit begehen.

Rauhes Haus nannte man die Kate draußen auf dem Horn. Und wahrhaft, es könnte rau werden. Eigentlich hätte er sich heute noch einmal mit seiner Rede beschäftigen sollen, die er für morgen plante. Aber er fand keinerlei innere Ruhe dazu. Er hatte in mehreren Anläufen einige Stichworte auf einem Papier notiert, es aber jedes Mal zerknüllt und ins Herdfeuer geworfen. Sein Herz war übervoll, seine Gedanken ein wirres Knäuel, sein Kopf dagegen nur hohl und leer.

Seine Mutter musste seine Unruhe gespürt haben. Sie hatte ihn fortgeschickt. „Geh nach draußen, an die Luft, dann wird dir leichter."

Er war sehr wohl nach draußen gegangen, aber bestimmt nicht in diese Luft, die seine Mutter meinte. Wie mechanisch hatte es ihn dorthin gezogen, wo ihm das meiste nur allzu vertraut war. Erst in den Abendstunden war er zurückgekehrt. Die Nacht war heute viel zu dunkel. In seinem Zimmer war es wohl genauso finster wie in dem Loch, in dem er den Knaben aufgesucht hatte. Ein Herumtreiber. Er gehörte einem Ring von Jungen an, die eigentlich einem Broterwerb nachgehen sollten, um etwas zum Familienunterhalt beizutragen, doch die es irgendwann vorgezogen hatten, mit Diebstahl und Einbrüchen ihren Lebensunterhalt zu sichern.

Für einige strenge Wochen während des Winters hatte er ihn in der Sonntagsschule halten können, aber eines Tages war er wieder verschwunden gewesen. Johann hatte nach ihm gesucht. Die anderen Kinder hielten dicht, die meisten von ihnen verrieten sich gegenseitig nicht. Wenn die Zustände nur nicht so unheilvoll wären, hätte Johann dieses Verhalten sogar als etwas Bewundernswertes empfunden. Doch diese Kinder waren voller Misstrauen allen Erwachsenen, sogar ihren eigenen Eltern, gegenüber. Zu oft mussten sie die Erfahrung machen, über alle Maßen streng bestraft zu werden. Dass Spuren von Prügeln an ihren Körpern zu sehen waren, war ganz normal. Wenn sie nicht von den Eltern oder älteren Heranwachsenden stammten, kamen sie nicht selten von Polizisten oder Lehrern. In den öffentlichen Armenschulen herrschte unerbittliche Zucht. Noch immer. Johann züchtigte nicht. Niemals. Selbst wenn es ihn gelegentlich als eine schnelle Lösung dünkte. Er versprach sich nichts davon. Es erschien ihm, als würde das Leben selbst diese Kinder schon genug und zu schwer züchtigen. Warum sollte er dann noch zuschlagen?!

Eines Tages hatte er diesen Jungen schließlich im Zuchthaus wiedergefunden. Der Aufseher zählte seine Sünden auf mit diesem genüsslich überheblichen Unterton, den Johann so hasste. Irgendwann musste der junge Sträfling dann unerwartet wieder entlassen worden sein. Seinen richtigen Namen verschwieg er eisern, selbst Johann gegenüber. Die anderen Kinder nannten ihn nur „den Holländer“, wohlwissend, dass er so nicht hieß. Johann hatte daraufhin alle Familien, deren Name holländisch klang, aufgesucht, aber niemand gab an, einen Jungen wie den geschilderten zu haben oder zu vermissen. Im späten Frühjahr jedoch war er bei einem seiner Besuche, die er bei den Eltern der Sonntagsschulzöglinge in regelmäßigen Abständen machte, zufällig in einer Gasse auf ihn getroffen und hatte ein paar wenige Worte mit ihm wechseln können.

Von Anfang an war Johann die Sprache des Jungen aufgefallen. Er verstand es, sich gewählter auszudrücken als die meisten anderen. So etwas blieb nicht unbemerkt, selbst unter den Kindern nicht. Er behauptete zwar, nie zuvor eine Schule besucht zu haben. Aber Johann wusste genau, dass er nicht zum ersten Mal Buchstaben und Zahlen malte, und er war sicher, dass der Junge viel besser zu lesen und schreiben verstand, als er zugab.

Doch eines Tages war er erneut verschwunden gewesen und für Wochen wie vom Erdboden verschluckt geblieben. Bis er ihn heute zum zweiten Mal im Zuchthaus sitzend fand. Das einzig Gute daran war, dass er hier wenigstens nicht weglaufen konnte.

Johann stützte sich auf seinen rechten Ellbogen und tastete nach dem Krug, der auf dem Nachttisch stand. Vorsichtig, um das Nachthemd nicht zu bekleckern, setzte er ihn an die Lippen. Doch noch bevor er einen Schluck genommen hatte, stellte er ihn wieder zurück. Er sah den Jungen vor sich. Vielleicht würde er jetzt auch Durst haben, vielleicht weniger nach Wasser als nach einer wärmenden Milch. Blass und mager war er gewesen, ausgehungert bis auf die Knochen. Man hatte ihm die Haare sehr kurz geschnitten. Das taten sie in den Gefängnissen immer. Johann fuhr sich durch seine eigenen Locken. Seit jeher waren sie voll, dicht gewellt und kaum zu bändigen; er trug sie immer in der Länge der neuesten Mode. Es war genug gesundes Leben in ihnen. Obwohl das Licht in dem Gefangenenhaus sehr schlecht war, war es ihm nicht entgangen, dass der Junge an einer seiner Schläfen eine Verletzung hatte; es war eine deutliche Erhebung und es klebte dunkel verkrustetes Blut daran. Niemand schien sich darum gekümmert zu haben. Auch er selbst nicht, wofür er sich jetzt schalt. Vielleicht hätte er sie berühren sollen, mit größter Vorsicht natürlich, sanft, seine warmen Hände wenigstens über diese Wunde legen. Warum nur war ihm dieser Gedanke nicht gekommen, als er bei dem Jungen gewesen war? Warum hatte er nur mit ihm zu reden versucht? Es war zu wenig gewesen, viel zu wenig. Keine Berührung. Jesus Christus hatte die Menschen angerührt, ihnen seine Hände aufgelegt. Sie hatten danach verlangt, *ihn* zu berühren.

Enttäuschung kroch in Johann hoch. Enttäuschung über sich selbst. Er wusste gar nichts und würde noch eine Menge lernen müssen! Das Gefühl der Unfähigkeit und schrecklichen Furcht, sich vielleicht doch übernommen zu haben, bemächtigte sich seiner erneut. Er versuchte, sie zu verscheuchen.

Keine Sekunde lang hatte er geglaubt, dass der Junge schon vierzehn Jahre alt war. Dafür war er zu klein, seine Stimme noch die eines Kindes und doch schon heißer und rau. Seine Hände waren die eines Knaben. Zwölf mochte er sein, nicht älter. Seine Augen, wenn auch abwechselnd einmal voller List und dann wieder voller Trotz, waren heute zum ersten Mal immer wieder für einige Sekunden an den seinen hängen geblieben; erstmals hatte Johann auch Trauer und Müdigkeit darin gesehen und den Schmerz, den er jetzt wieder sah. Und in den Augen dieses einen Jungen sah er den Schmerz all der Kinder schwimmen. Ihre leibliche Not durch unzureichende, schlechte Nahrung und viel zu frühe, harte Arbeit. Ihre seelische Not, hervorgerufen durch Lieblosigkeit und fehlende Zuwendung. Über alldem aber ihre geistliche Not, weil sie keinen Hirten hatten, dessen Stimme sie vertrauen konnten und von dem sie sich gesucht und geliebt wussten. Sie waren wie umherirrende, verlorene Schafe.

Die Zeit war reif, überreif, dass ihrem Leben Hoffnung und Zukunft gegeben wurden. Ihrem jetzigen und ihrem späteren, am Ende aber ihrem ewigen. Johann setzte sich auf und rückte zur Wand, zog die Beine an und stützte das Kinn auf seine Knie. Aber er würde es nicht alleine schaffen, er, Johann Hinrich Wichern. Niemals würde er es alleine schaffen. Zu groß war die Not. Er würde weitere Erzieher brauchen, die ihm halfen und Verantwortung übernehmen konnten, das war ihm längst klar. Doch wo sollte er sie gewinnen und ausbilden?

„Junge!", sprach er laut in die Dunkelheit. „Wie auch immer du heißt und wie alt du auch immer bist – um deinetwillen werde ich diesen Weg doch gehen!"

Morgen war der 12. September. Er würde seine von ihm erwartete Rede noch einmal all diesen Verlorenen widmen, wie er es schon vor vielen Monaten vor den tausend Zuhörern getan hatte, die sich bei der Jahresversammlung des Schulvereins im Tanzsaal des Schneideramtshauses eingefunden hatten. Er hatte sie nicht verschont mit den Schilderungen über verrottete Strohsäcke, die sich mehrere Menschen als Schlafstätten teilten, und über die stinkenden Lumpen, die viele von ihnen noch als Kleidung tragen mussten. Nicht weniger hatte er ihnen die Umstände zugemutet, in denen diese Bevölkerungsschichten oftmals zusammenhausten: Witwen mit den Dirnen ihrer sogar noch halbwüchsigen Knaben. Kinder, die noch im Alter von sieben oder acht Jahren nicht genügend Worte für einen einzigen richtig gesprochenen

Satz kannten. Väter, die das Familieneinkommen an einem Abend im Wirtshaus ließen und zu Hause vor den Augen der Kinder ihre Frauen misshandelten. Genauso frei und gleichzeitig mahnend sprach er über die geistliche Verwahrlosung und deren unwillkürliche Folgen der Halt- und Hoffnungslosigkeit. Wer einen einzigen Tag bereit sein würde, mit ihm zusammen in den Gängen und Straßen der Elendsviertel unterwegs zu sein, würde wissen, dass keines seiner Worte übertrieben war. Nur wer war schon bereit, das zu tun?

Damals war es ihm gelungen, einen Teil der Hamburger Bürgerschaft wachzurütteln und diesen Ehrenwerten klarzumachen, dass es auch ihrer Verantwortung oblag, sich über die Zustände unter den Arbeitern und Tagelöhnern zu erbarmen. Das musste ihm morgen in der Börsenhalle noch einmal gelingen. Er würde wieder für diese Kinder sprechen und auch von diesem *einen* Vater, der keines davon verloren geben wollte. Selbst dann noch nicht, wenn sie in Gefängnislöchern saßen wie dieser Junge und schon viel Unrechtes getan hatten.

Er hoffte nur, dass dies alles für seine Mutter nicht doch zu viel war, aber sie war willens, mit ihm hinaus aufs Horn zu ziehen; ebenso zwei seiner eigenen, noch jungen Geschwister, für die er ja auch noch sorgte. Er würde Kraft benötigen, viel Kraft.

Und noch etwas mischte sich in seine eigene im Moment so aufgewühlte Seele, die ihm gerade so bedürftig vorkam, als wäre sie selbst viel zu lange vernachlässigt worden. Es war die Sehnsucht nach Amanda.

Erst als es dämmerte, fiel er in einen unruhigen Schlaf.

Am Abend des darauffolgenden Tages ging Johann noch einmal ins Gefängnis. Er hatte es kaum erwarten können, die Festgesellschaft zu verlassen. Er nahm sich fest vor, alles zu versuchen, um den Jungen berühren zu können und das zu tun, was er gestern unterlassen hatte. Aber als er nach ihm fragte, sagte ihm der Wärter, dass sie den Holländer noch in der Nacht zuvor weggebracht hätten, ins Armenspital. Man habe schon nicht mehr mit ihm reden können und es müsse dringend davor gewarnt werden, ihn aufzusuchen, wegen der Gefahr einer Seuche.

„Wenn es Ihnen möglich ist, so bewahren Sie doch Stillschweigen um die Sache", bat der Oberaufseher ihn. Doch als Johann nicht antwortete, fuhr er leise beschwörend fort: „Nun ... also ich meine ... Sie wissen ja, Herr Wichern, vielleicht wäre es auch besser ... es wusste ja sowieso niemand, wohin er wirklich gehörte, und da denke ich mir ... es wäre doch .... mit Verlaub, Herr Wichern, nicht das Allerschlimmste, wenn ..."

„Er stirbt?", fuhr Johann auf.

Der Uniformierte legte seinen Finger auf die Lippen. Sie waren so wulstig, dass Johann augenblicklich etwas Altbekanntes in sich aufsteigen spürte: Wut.

„Nein!", vernahm er laut und deutlich seine eigene Stimme. „Ich sage Ihnen hier an Ort und Stelle, was wirklich besser wäre. Besser wäre es, wenn Leute wie Sie endlich einmal umkehren würden! Auf Wiedersehen!"

Er hob seinen Hut und eilte nach draußen. Obwohl er fähig war, sehr schnell zu gehen, reichte ihm das jetzt nicht mehr aus. Bereits nach wenigen Metern begann er zu laufen. Erst als er völlig außer Atem auf einem Stein saß und auf die grauen Wellen der Alster blickte, ließ er seinen Tränen freien Lauf.

Hamburg-Horn, 1839

Amanda

Es war Winter geworden. Eine erste dünne Schneedecke, die sich vor einigen Tagen über das Land gelegt hatte, war festgefroren. Der Fischteich war von einer Eisschicht überzogen. Bisher hatte glücklicherweise noch niemand eine gefährliche Begegnung mit dem Wasser gehabt. Es wäre nicht das erste Mal, dass einer der Jungen sich aufs Eis wagte, obwohl es noch nicht trug. Vielleicht aber wussten sie ja doch mit der Zeit einzuschätzen, was man wagen konnte und was nicht. Das unbedingte Verbot war zwar ausgesprochen, aber sie kannte ihre Helden.

Der Himmel war heute grau und es hing einer dieser Schleier über dem Tag, die es nicht richtig hell werden ließen. Dennoch wich die Kälte nicht. Amanda rieb sich die Finger und hauchte dann in ihre hohle Hand. So konnte sie unmöglich den Säugling anfassen. Carl Georg verlangte mittlerweile laut danach, seinen Hunger gestillt zu bekommen. Am liebsten hätte sie kurz die Hände in das dampfende Wasser auf dem Herd getaucht, aber das ging natürlich nicht. Der Gedanke erheiterte sie direkt. Manchmal schienen einem dieselben fixen und reichlich unvernünftigen Einfälle durch den Kopf zu jagen wie den Kindern auch.

Sie war froh, dass Amanda und Elisabeth schliefen, so würde sie eine Stunde haben, um Carl zu stillen und sich selbst etwas Ruhe zu gönnen. Das Kind war erst gute vierzehn Tage alt. Sie spürte noch die Folgen der Geburt und die Müdigkeit unterbrochener Nächte. Dennoch war sie dankbar und hatte große Freude an dem neuen Erdenbürger. Nach den beiden Mädchen einen Jungen bekommen zu haben, stimmte sie glücklich. Eigentlich, so hatte sie sich am Morgen bei dem Wunsch ertappt, würde sie es sehr genießen, diese im Moment freie Nachmittagsstunde mit Johann zu verbringen und alleine mit ihm eine Tasse Tee zu trinken.

Sie hatten kaum Zeit gehabt in den vergangenen Wochen, um einmal ungestört während des Tags miteinander zu reden. Abends waren sie beide müde bis zur Erschöpfung und Johann verbrachte oft die letzten Stunden, bevor er zu Bett ging, mit Briefeschreiben oder ähnlichen Dingen, die noch erledigt werden mussten. Häufig saß er noch über seinen Notizen. Über Kinder, die ihm besonders auffällig erschienen, über Erfahrungen, die er mit ihnen gemacht hatte und die sein pädagogisches Denken und Handeln betrafen, führte er genau Buch. Ebenso über Fragen, die sie ihm stellten und die er nicht zu rasch und unbedacht beantworten wollte. Für jedes Kind gab es ein Journal, in das der Verlauf seiner Entwicklung eingetragen wurde und über das Johann sich mit seinen pädagogischen Gehilfen und den Hausvorstehern austauschte.

Er teilte alles mit ihr; das wusste sie zu schätzen. Schon als sie noch nicht einmal öffentlich verlobt waren, war sie sich sicher gewesen, dass Johann nicht die Meinung vertrat, Frauen seien mit weniger Verstand ausgestattet als Männer. Sie hatte recht behalten. Johann hatte ihr neben der ganzen hauswirtschaftlichen Organisation auch die Verwaltung der Finanzen des Werkes anvertraut. Wenn er wie vor zwei

Jahren länger auf Reisen war, erledigte Amanda seine Korrespondenz und er überließ ihr in vielen Bereichen auch manche Entscheidungen.

Sie ließ sich auf dem Kanapee nieder und gab dem Kleinen schnell die Brust. Aber es war entschieden zu kühl hier. Sie erhob sich noch einmal und holte in der Küche das Schultertuch. Es wärmte angenehm. Als Carl zufrieden gluckste, lehnte sie ihren Kopf zurück und schloss für eine Weile die Augen. Wie hatte sie es gut! Sechs Jahre waren sie nun schon hier. Aus Johanns ersten bescheidenen Anfängen in der noch recht einfachen Kate war inzwischen eine kleine Anlage geworden, die schon nahezu dem Bild eines Dorfes glich. Mehrere Häuser hatten sie in rascher Abfolge gebaut. Kaum dass Johann sechs bis zehn Kinder zu einer Familiengruppe zusammengefasst hatte, war schon wieder der Bedarf für eine nächste entstanden. Nur, wohin mit ihnen? Es gab nur eines: neue Wohnstätten zu erstellen.

Der Grund war groß genug, die Pacht minimal. Und so war nie lange überlegt worden. Vor allem verstand Johann es sofort, aus der Not die beste Tugend zu machen. Er machte die Kinder mit der Arbeit verschiedenster Gewerke vertraut. Schon beim ersten Roden des damals frisch bezogenen Geländes hatte Johann festgestellt, wie diese Arbeit gerade den Jungen half, ihre oft ungezügelte Zerstörungswut in sinnvolle Bahnen zu lenken. Nach einem Tag gut dosierter Arbeit waren sie meist maßvoller und ausgeglichener. So war mithilfe der Kinder, vor allem der schon Größeren, das Schweizerhaus entstanden, dazu ein erstes Wirtschaftsgebäude. Auch über Werkstätten verfügten sie mittlerweile, in denen unter anderem Holzschuhe geschnitzt wurden.

Seit einigen Jahren wohnte eine Mädchenfamilie im *Rau-*

hen Haus, sie nannten es noch immer so. Johann und sie hatten ein neues bezogen, welches die Kinder *Grüne Tanne* getauft hatten. Gleichzeitig bezeichneten sie dies als *Mutterhaus*. Weil sie, Amanda, mit in diesem Haus wohnte und von den meisten der Kinder wie eine Mutter gesehen und von manchen auch so genannt wurde. Auch wenn Johann großen Wert darauf legte, die Kinder ihren leiblichen Eltern und den Herkunftsfamilien, sofern sie noch welche hatten, nicht zu entfremden, konnten sie das nicht immer verhindern. Johann forderte auch von ihnen, dass sie nur mit den Erwachsenen über ihr vorheriges Leben in meist schrecklichen Zuständen reden sollten, wohlwissend, dass er es nicht völlig ausschließen konnte. Er wusste sehr wohl, wie wichtig es war, dass die Kinder ihr Herz ausschütten konnten über das, was ihnen widerfahren war, und dafür waren die Betreuer und er selbst und Amanda da. Doch er war sich auch der lauernden Gefahr bewusst, dass sie sich ihrer Untaten brüsteten und einander mit den alten Gewohnheiten jederzeit neu anstacheln konnten.

Erst vor Kurzem, einige Wochen, bevor Carl geboren worden war, hatten sie im Turmhaus ihren Betsaal eingeweiht. Davon hatte Johann schon so lange geträumt: ein genügend großer Raum, in dem sich alle Kinder und Erwachsenen versammeln konnten, ohne Beengung. Dort wurden nun die Gottesdienste abgehalten, die Singstunden, die Andachten und die großen Feiern. Sie feierten gern und viel bei allen nur erdenklichen Gelegenheiten. Die letzten beiden Feste des Herbstes waren erst ein Apfel- und dann ein Kartoffelfest gewesen. Keines der Kinder hatte in seiner Zeit vorher je ein Fest erlebt. Wo sie herkamen, gab es keine Sonntagsheiligung. Und Feier- und Festtage waren oft noch bedrohlicher als die Wochentage, denn an Festtagen standen die Fabriken still, alle waren zu Hause. Die Männer tranken oft noch mehr als sonst schon. Die Kinder lungerten herum und die Gefahr gegenseitigen körperlichen und seelischen Traktierens war noch höher als außerhalb dieser Tage. An Weihnachten geschahen oft die schrecklichsten Dinge in diesen Vierteln.

Amanda öffnete die Augen. Zum einen holte der Gedanke an Festtage sie in den Augenblick zurück, zum anderen war es Carl, der ihr zu verstehen gab, dass er noch nicht genug hatte. Sie lächelte. Ihre eigenen Kinder erlebten wohl eine Art Himmel auf Erden. Mit dem Wort *Himmel* fiel ihr prompt etwas ziemlich Irdisches ein: Dass nämlich der Kalender in weniger als vierzehn Tagen den ersten Advent anzeigen würde!

„Oh!", sagte sie laut in die Stille der Stube. „Es scheint mir, als habe ich da etwas zu sehr vernachlässigt in diesem Jahr."

Kein anderes Fest brachte die über vierzig Knaben und Mädchen so sehr außer Rand und Band vor lauter Freude wie Weihnachten. Es war eine herausfordernde, anstrengende, aber auch schöne Zeit. Schon den Advent gestalteten sie, so feierlich es nur ging. Mit abendlichen Andachten, Vorlesestunden, Gesang und kurzen, kleinen Gebeten versuchten sie, das Warten der vier langen Adventswochen zu verkürzen. Nur eines hatte die Erwachsenen in den vergangenen Jahren mit jedem Tag, den der 24. Dezember noch entfernt war, an den Rand ihrer Geduld gebracht. Die schlichte, aber ständig wiederkehrende Frage: „Wie lange noch?"

Wie lange dauerte es noch, bis endlich wieder Weihnachten wäre? Auch ihre kleine Amanda hatte sich schon im vergangenen Jahr dieser Fragerei angeschlossen, sich wohl kaum an das vergangene Weihnachten erinnernd.

Amanda schüttelte den Kopf und lachte ihren kleinen Sohn an. Er erwiderte es. Sein Lächeln trieb ihr die Tränen in die Augen. Es war ein solches Wunder! So klein war der Heiland auch gewesen, geliebt und gestillt von einer Mutter, beschützt einerseits und doch bedroht gleichermaßen vom ersten Tag seiner Geburt an. Er war gekommen, wie jeder Mensch kam. Wie sie selbst und wie alle diese ihre eigenen und die ihr anvertrauten Kinder. Ganz Mensch. Und doch ganz Gott. Er war einen Weg gegangen, den keiner sonst hätte gehen können, und war zum Retter geworden. Ein Jammer, wie wenige sich heute noch von ihm retten lassen wollten. Aber der Mensch war frei. Frei zu tun und frei zu lassen.

„Rettungshaus", flüsterte sie leise, während sie über Carls weiches, warmes Köpfchen strich und eine Weile versunken in die Ferne sah. Dann hielt sie den Atem an. War da nicht gerade ein Geräusch gewesen? Direkt hinter ihrem Rücken, ein ungewohntes?

Während sie noch lauschte, hörte sie, wie die Haustür aufging. Weil Carl gerade am Einschlafen war, unterließ sie es zu rufen, es war auch gar nicht mehr nötig. Johann erschien in der Tür, reichlich zerzaust und voller Staub. Er blieb stehen, als sie ihm bedeutete, still zu sein. Sie erhob sich vorsichtig, machte auf Zehenspitzen die paar Schritte bis zur Wiege und legte den Kleinen behutsam hinein. Während sie zur Tür ging, knöpfte sie ihr Kleid zu, dann küsste sie Johann mit spitzem Mund, weil sie erst jetzt sah, dass selbst in seinen Wimpern der Staub hing und auf seinem Gesicht eine feine Schicht lag. Bevor sie ihre erstaunte Frage aussprechen konnte, beantwortete er sie schon.

„In einem dieser Schuppen dahinten, du weißt schon, diese uralten, habe ich aufgeräumt und etwas entdeckt! Er schläft doch nun, oder? Ein gutes Viertelstündchen bleibt uns noch, aber nimm die Handschuhe mit!"

Amanda grinste. Ihr Johann konnte sein wie einer seiner Jungen. Wenn er ihr vor lauter Freude etwas sagen musste, sah er nichts sonst um sie herum, was sie davon abhalten könnte, ihm zuzuhören oder mit ihm zu kommen, genau wie ein Kind. Auch jetzt war er bereits wieder draußen, solange sie noch das Schultertuch knöpfte und versuchte, die Handschuhe überzustreifen. Sie durfte keine Verkühlung riskieren, sie hatte erst geboren.

Die frische Luft belebte sie. Sie fassten sich an der Hand, hielten jedoch Abstand auf Armeslänge, damit Amandas Kleid nicht in Mitleidenschaft gezogen würde. Es war wie immer gar nicht so einfach, mit ihm Schritt zu halten, aber er bemühte sich. Als sie am *Goldenen Boden* vorbeigingen, in dem eine der Jungengruppen wohnte, meinte sie noch immer den Geruch jener Nacht in ihrer Nase zu haben, als dieses Haus lichterloh in Flammen gestanden hatte. Es war ihr größtes Unglück bisher gewesen. Drei der Halbwüchsigen hatten es angezündet und das Gebäude war niedergebrannt bis auf die Mauern. Johann wusste sofort, auf wen diese Tat zurückzuführen war und was somit drohte. Die drei hatten der Polizei übergeben werden müssen. Tagelang war er daraufhin ruhelos gewesen und hatte mit sich selbst und seinen pädagogischen Fähigkeiten gehadert. Amanda war dankbar, dass er es eines Tages dann doch hinnehmen konnte, ohne sich weiter zu zermartern. Zumindest merkte sie davon nichts mehr, obwohl sie genau wusste, dass er keins der Kinder vergaß, die durch seine Hand und durch sein Herz gegangen waren.

„Was wird es nur sein, das du mir so dringend zeigen musst?“, lachte sie, um die aufgekommene Erinnerung wegzuwischen und sich seiner kindlichen Freude zuzuwenden.

„Warte, warte!“, sang er und küsste sie schnell, was dann doch wegen der unerwarteten Bewegung eine Ladung Staub auf ihr hinterließ.

Sie pustete, während er die windschiefe Schuppentür aufdrückte und sie über einen losen Holztritt ins Innere bugsierte. Ihre Augen mussten sich erst für einen Moment orientieren, denn sie sah nichts als ein Durcheinander von altem Eisenzeug und Gerätschaften, die eindeutig der Landwirtschaft zuzuordnen waren. Doch Johann lenkte ihren Blick in eine Ecke, in der er, was den Zustand seiner Kleider und seiner Haare erklärte, wohl Ordnung geschaffen hatte.

„Das hier!“

„Oh!“, ließ Amanda verlauten und versuchte, entweder sofort zu begreifen oder die passenden Worte zu finden, die seine sprühenden Augen nicht enttäuschen und seiner Begeisterung etwas nehmen würden.

„Daraus, mein Liebstes, wird einmal etwas ganz Besonderes werden, etwas noch nie Dagewesenes!“

„Sicher!“, bestätigte Amanda. „Ja! Ich bin ganz sicher!“

Was sie sah, war nichts als ein altes, hölzernes und ziemlich großes Wagenrad.

Ihren Weg zurück machten sie getrennt. Der Lärm, der von draußen mittlerweile zu ihnen in den Schuppen gedrungen war, bedeutete, dass die Stunde Stillbeschäftigung am Nachmittag, die die Mädchen häufig fürs Zeichnen oder Malen verwendeten und die Jungen oft dösend auf ihren Betten liegend verbrachten, endgültig vorüber war. Im Winter war es etwas mühsamer als im Sommer, die Kinder zu beschäftigen und im Lot zu halten. Es fehlte die Gartenarbeit, das Spielen und Herumtollen im Freien war sehr viel eingeschränkter und so kam es oft in dieser Zeit zu mehr Zwischenfällen und Streitereien. Dafür machten sie, was die geistigen Fähigkeiten anbetraf, gerade in den Wintermonaten oft schnellere Fortschritte. Und in der nahenden Vorweihnachtszeit war es selten schwer, sie für Neues zu gewinnen. Sie hatten ein nahes Ziel, das sie anspornte, zu lernen und unbekannte Dinge auszuprobieren.

Gestern waren zwei neue Kinder in jeweils eine der Hausgruppen gekommen und da sie in einem angegriffenen Zustand waren, hatte Johann beschlossen, ihnen erst einmal etwas zu essen zu geben und eine Schlafstätte. Am Morgen waren sie, wie in allen ersten Fällen, gebadet worden und hatten saubere und geflickte Kleider bekommen. Heute am Nachmittag würden sie mit ihnen ein Gespräch führen und Johann wollte deshalb noch eben seinen Gehilfen aufsuchen, der das Haus leitete, in dem einer der Jungen untergekommen war. Vorher würde er dann selbst noch ein Bad nehmen müssen. Amanda hatte herzhaft gelacht, als sie ihn darauf aufmerksam machte und zur Eile trieb. Sie selbst war nun auch etwas ungeduldig, da sie hoffte, dass die Kleinen nicht aufgewacht waren und sie vermissten. Vor allem Elisabeth war verstört, wenn sie nicht wusste, wo ihre Mutter war.

Gerade als sie den von Sträuchern gesäumten Weg zu ihrem Haus einschlug, war Amanda, als hätte sie einen Schatten zu ihrer Linken wahrgenommen, aber ihre Haube verdeckte ihr die Sicht. Zu hören war nichts. Kein Knirschen von Tritten im gefrorenen Schnee außer den ihren. Seltsam, dachte sie, vielleicht bin ich etwas übermüdet.

Wenig später saß sie zusammen mit Johann den beiden

fremden Knaben gegenüber. Geschwister, so behaupteten sie wenigstens, seien sie keine. Sie sahen auch nicht so aus. Aber das allein reichte nicht als Indiz. Der jüngere von ihnen war allerdings deutlich aufgeschlossener, was seine Geschichte betraf. Seine Eltern hätten ihn eines Tages für Geld einem Verwandten anvertraut. Er sei weit mit ihm gereist, sogar auf einem Schiff bis nach London gefahren, und auf einer dieser Reisen sei der andere Junge zu ihnen gestoßen.

Johann vermutete, dass es sich um Taschendiebe handelte. Was der Junge bei sich trug, sah nach Diebesgut aus, auch wenn es sich um eher wertlose Beute handelte. Er gab sie auch bereitwillig her. Im Spätsommer habe der Onkel genug von ihnen beiden gehabt und sie fortgeschickt. Wenn sie zurückkämen, würde er sie den Polizisten ausliefern, habe er gedroht. Im Hafenviertel hätten sie für eine Weile überlebt, aber nun sei es so bitterlich kalt und alle Schlafplätze auf den Treppen und Hauseingängen seien von den Angestammten belegt.

Weder Johann noch Amanda zweifelten im Geringsten an diesen Schilderungen, zu gut kannten sie die Zustände dort. Der ältere Junge wirkte misstrauisch. Er schielte häufig zur Tür, seine Blicke blieben immer wieder an Amandas Ring hängen und seine Hände erinnerten sie ein wenig an die Krallen eines Tieres. Es dauerte sie, erschütterte sie jedoch nicht. Nicht mehr. Man würde auf der Hut sein müssen mit ihm, so viel stand fest. Doch wie oft mussten sie das! Es erfüllte sie schon eine Art Glück, weil sie die beiden so ganz anders vor sich sah als am gestrigen Abend. Sie rochen frisch. Sogar der Schmutz unter den Fingernägeln war weg, die Zähne waren sauber, die Haare weich und gekämmt. Ein bisschen wirkten sie schon wie erneuerte Kreaturen. Ein Zeichen der Hoffnung.

„Meine lieben Kinder“, hörte sie da ihren Mann beginnen und sie kannte jedes einzelne Wort, das nun folgte. Im Stillen sprach sie es mit. Seit Jahren hatte sie diese Worte zu einem Gebet gemacht.

„Sieh um dich her, in was für ein Haus du aufgenommen bist. Hier sind keine Mauern, keine Gräben, keine Riegel. Nur mit einer schweren Kette binden wir dich. Diese heißt Liebe und ihr Maß ist Geduld. Mein Kind, ich weiß alles, aber es ist dir alles vergeben.“[2]

Am Abend, als alle Kinder schon ringsherum in den Häusern in den Betten lagen und die letzten Lichter gelöscht worden waren, zündete sich Johann noch einmal eine seiner Sturmlaternen an, die zuerst unfreundlich rußte und blubberte, dann aber bereitwillig ihr Licht verströmte. Dann trat er hinaus in die kalte Nacht und machte noch einmal den Weg zu dem alten Schuppen, in den er am Nachmittag seine Frau geführt hatte. Unterwegs traf er auf zwei seiner Hausvorsteher. Als Amanda, die Johann den Weg von ihrer Haustür bis zum Ende des Vorgartens begleitete hatte, den tanzenden Lichtern noch für einige Sekunden nachblickte, war sie sich mit einem Mal ganz sicher, dass sie nicht allein hier draußen war. Die Nacht war zu dunkel, um Schatten zu sehen, aber der Hauch irgendeines Lebens um sie herum war deutlich zu spüren.

„Wer immer du auch bist“, sprach sie leise, aber mit fester Stimme tapfer in die Dunkelheit, „ich habe keine Angst, denn der Herr ist ebenfalls hier!“ Ohne sich noch einmal umzudrehen, betrat sie das Haus und schloss die Tür.

---

2 aus: Ruszkowski, Jürgen: *Johann Hinrich Wichern – Herold der Barmherzigkeit: Leben, Werk, Tragik und Vermächtnis – und die Geschichte des Rauhen Hauses* (German Edition). Neobooks, Kindle-Version (Kindle-Positionen738-740).

1. Advent 1839

Karl

Aus wohl mehr als sechzig Kehlen drang das wohlbekannte Lied: „O wohl dem Land, o wohl der Stadt, so diesen König bei sich hat!"

Karl Sieveking schluckte einmal mehr gewisse Klöße weg und war ein weiteres Mal froh darüber, dass man sie nicht sehen konnte. Da die vielen Kinder so inbrünstig sangen, fiel es nicht weiter auf, wenn er einmal aussetzte. Sein Blick wanderte zu dem Wagenrad, das an einem der Deckenbalken hing. Das war also der neueste der Wichern'schen Einfälle! Was die Kosten betraf, war dieser vermutlich bei Weitem sein einfachster gewesen. Karl schmunzelte. Dass ihm gerade jetzt ein so weltlicher Gedanke kam! Doch warum sollte man nicht auch an so einem ganz christlich-reine Freude haben! Denn natürlich musste er zugeben, dass er diesen Einfall für grandios hielt. Er würde für alle kommenden Adventszeiten taugen, über Generationen! Schon ihm war als Kind das Warten auf Weihnachten schwergefallen. Mithilfe eines solchen Schmuckes und einem täglichen wiederkehrenden Ritual diese geheimnisvolle Zeit zu verkürzen, stellte er sich wunderbar vor. Natürlich würde man ein paar Kerzen brauchen. Für alle Wochentage zwischen dem ersten und vierten Advent und dann die noch fehlenden bis zum Heiligen

Abend. In diesem Jahr waren es dreiundzwanzig, weil der erste Adventssonntag eben auch auf den 1. Dezember fiel.

Heute erstrahlte die erste der dicken weißen Kerzen. Lange war ihm nicht mehr so feierlich zumute gewesen wie an diesem Sonntagmorgen. Die Luft klirrte vor Kälte, aber sie machte einen klaren Kopf. Von der Gründung dieser Arbeit hier, an deren Spitze des Verwaltungsrates Karl bis heute stand, verbrachte er immer den ersten Advent zusammen mit seiner Familie und seiner Cousine bei Wicherns und den Kindern. Der Weg von seinem Hammer Landhaus hinaus aufs Horn war ein Katzensprung und sie verbrachten manche Sonntage hier.

Aber dieser heute tat es ihm an. Vielleicht auch, weil der Saal eine solche Feierlichkeit ausstrahlte, vielleicht auch, weil er älter wurde; sicher aber, weil er wusste, dass alles gut war. Gut, dass er einst diese verfallene Kate und das Land mit beinahe schlafwandlerischer Sicherheit in seinen Besitz gebracht hatte. Gut, dass Johanns brennendes Herz Glauben und Tat so eng miteinander verband. Gut, dass seine Stadt Hamburg wenigstens hier, an dieser Stelle, diesen einen König bei sich hatte, von dem diese jungen, etwas aus der Bahn geratenen Heerscharen gerade sangen.

Karl lächelte und beugte sich ein wenig vor, um dann die Bankreihe erst rechts hinauf und dann links hinunter zu sehen. Langsam und bedächtig, von Gesicht zu Gesicht. Längst hatte er es sich zur Gewohnheit gemacht, sich mitten unter die Kinder zu setzen. Er brauchte keinen reservierten und kissengepolsterten Extrastuhl. Auch Amalie und Caroline saßen unter der Kinderschar, seine eigenen sowieso.

Während eines der kleineren Mädchen nicht ganz ohne Mühe nun die Kanzel bestieg, trat ein breites Lächeln auf sein Gesicht und wie von selbst suchten seine Augen die Gestalt Amalies. Er fand sie rasch. Wenigstens dazu waren Hauben gut. Ihre Blicke trafen sich, auch sie lachte. Ja, dafür war ein Wichern eben auch gut. Um die Regeln zu brechen, in einer schlichten Selbstverständlichkeit, als hätte es nie welche gegeben. Die Kinder durften den vorgegebenen Bibeltext des Kirchenjahres lesen. Auch wenn es bei dem einen oder andern noch ein wenig langsam und stockend ging – wichtig war nur, dass ihre Stimmen gut zu hören waren.

„Aus dem Buch des Propheten Sacharja, Kapitel 9, und aus dem Brief an die Römer, Kapitel 13“, hörte Karl die kindliche Stimme. Glockenhell war sie, erstaunlich fest und sicher. Er faltete die Hände, lehnte sich zurück und schloss die Augen.

> *„Du, Tochter Zion, freue dich sehr, und du, Tochter Jerusalem, jauchze! Siehe, dein König kommt zu dir, ein Gerechter und ein Helfer, arm und reitet auf einem Esel, auf einem Füllen der Eselin. Denn ich will die Wagen vernichten in Ephraim und die Rosse in Jerusalem, und der Kriegsbogen soll zerbrochen werden. Denn er wird Frieden gebieten den Völkern, und seine Herrschaft wird sein von einem Meer bis zum andern und vom Strom bis an die Enden der Erde.“*

Sehr still war es, kaum wagte man zu atmen. Waren die anderen auch so berührt von diesen Worten wie er?, fragte sich Karl. Man hörte nur das Rascheln, als die kleine Lektorin die schweren Seiten umschlug. Sie räusperte sich kurz, bevor sie erneut zu lesen begann.

„Seid niemandem etwas schuldig, außer dass ihr euch untereinander liebt; denn wer den andern liebt, der hat das Gesetz erfüllt. Denn was da gesagt ist: ‚Du sollst nicht ehebrechen; du sollst nicht töten; du sollst nicht stehlen; du sollst nicht begehren', und was da sonst an Geboten ist, das wird in diesem Wort zusammengefasst: ‚Du sollst deinen Nächsten lieben wie dich selbst.' Die Liebe tut dem Nächsten nichts Böses. So ist nun die Liebe des Gesetzes Erfüllung."

Eigentlich, dachte Karl Sieveking, als die Stimme des Mädchens verklungen war, war keine Predigt mehr nötig. Dieses Kind selbst war schon eine.

Amanda und Johann

Auch wenn der Tag in gewohnter Weise voller Leben, Lachen und einigem Durcheinander verlief, es war ein herrlicher erster, vorweihnachtlicher Festtag gewesen. Der unbestrittene Held aber waren Johann und das Wagenrad voller Lichter.

Johann hatte den Kindern versprochen, dass sie sich vom heutigen Tag an bis zum 24. Dezember jeden Abend für eine halbe Stunde noch einmal im Betsaal um das Wagenrad versammeln würden. Dann würden entsprechend der Tage die Kerzen angezündet. Sie würden – wie in den Jahren zuvor schon – singen und eine Andacht oder eine Geschichte hören, bevor es in die Betten ging. So war es auch heute gewesen.

Draußen war inzwischen längst die Dunkelheit hereingebrochen. Doch weil der Himmel sternenklar war und der

Mond schien, lag die Landschaft silberhell glänzend da. Als die Wicherns schließlich auch alle Sievekings verabschiedet hatten und gerade auf den letzten Metern durch die zauberhafte Mondnacht auf ihr Haus zugingen, war es Amanda plötzlich wieder, als seien sie nicht alleine, genau wie an jenem Abend vor vierzehn Tagen. Sie hatte ihrem Mann nichts davon erzählt, es hatte sich einfach nicht ergeben.

„Hör!", flüsterte sie Johann zu und blieb unvermittelt stehen. „Da ist jemand!"

Johann legte unwillkürlich seinen Arm fester um Amandas Taille und zog sie an sich. Sie lauschten beide, aber vernahmen nichts. Sie blieben still und gingen leise weiter. Nichts rührte sich.

Johann spürte keine Furcht, aber seine Sinne blieben gespannt wie die eines witternden Tieres. Aber weder ein Geräusch noch ein Schatten erregten seinen Verdacht und auch für Amanda war nichts Außergewöhnliches mehr zu erkennen. Er schob seine Frau vorsorglich durch die Tür ihres Hauses und sah sich noch einmal gründlich nach allen Seiten um. Doch nichts als dieser schon beinahe stechende Glanz lag über dem Gelände. Er schloss die Tür und drehte den Schlüssel um.

Amanda hatte gerade den Muff abgelegt, während Johann dabei war, die Stiefel aufzuknöpfen, als es klopfte. Für Sekunden sahen sie einander stumm an, dann drehte Johann den Schlüssel wieder zurück und öffnete langsam die Tür.

Bis jetzt hatte er sein Herz nicht gespürt, doch in diesem Moment begann es wie wild zu klopfen. Das Gesicht, in das er blickte, sah er nicht zum ersten Mal. Er starrte es an, krampfhaft suchend, von wo ... aber sein Gehirn schien wie leer gefegt. Ein junger Mann, vielleicht achtzehn Jahre, seine

Gestalt schmal und zierlich. Diese Stirn, diese Augen ... Johann wollte lächeln, aber er war wie erstarrt.

„Guten Abend! ... Herr Wichern! Ich ..."

Da plötzlich fiel alle Starre von Johann ab. Eine Hitzewelle lief ihm übers Gesicht und in den Kragen und seine Knie begannen zu zittern.

Der Holländer!, schoss es ihm durch den Kopf. Er rang die Hände. „Junge", stammelte er. „Ich habe ... ich wollte dich besuchen, aber sie sagten, du seist ..."

„Tot?"

Johann nickte. Er fühlte Tränen aufsteigen, aber er konnte doch jetzt nicht weinen!

Amandas Hand legte sich auf seine Schulter. „Kommen Sie doch herein!"

Johann nickte nur bestätigend, brachte aber kein Wort heraus.

Der junge Mann zögerte. „Da ist noch jemand." Er sah zur Seite. Erst jetzt trat eine weitere Gestalt ins Blickfeld von Johann und Amanda. Es war ein Mädchen. Mit einem zauberhaften Lächeln, nur dünn bekleidet, sehr blass und viel zu jung für das, was sofort ins Auge fiel: Das Mädchen erwartete ein Kind.

„Sie ist meine Schwester", erklärte der Junge leise „und ich habe es nicht verstanden, sie zu beschützen."

Jetzt kam Leben in Johann. Er zog die beiden Besucher entschlossen ins Innere und führte sie direkt in ihre warme Stube. Was war das heute nur für ein erster Advent!

Diesmal verriegelte Amanda die Tür.

Gerade so, wie sie dastanden, verlegen und scheu, legte Johann seine linke Hand ganz sanft an die Schläfe des Jungen. Dann griff er mit seiner Rechten nach einer Hand des

Mädchens. Abwechselnd sah er sie an, während er heftig mit seinen Gefühlen rang. Amanda stellte sich dazu. Sie verstand noch nicht genau, was hier vor sich ging, hatte aber sofort begriffen, dass es etwas Wichtiges war. Sie nahm die andere Hand des Mädchens und lächelte in dieses wunderschöne blasse Gesicht. „Ich bin Amanda Wichern."

„Mein Name ist Lene. Magdalena Vandeeren. Und das ist Wilm."

Zum Hintergrund der Geschichte:

Johann Hinrich Wichern lebte von 1808 bis 1881. Er gründete das „Rauhe Haus", das es bis heute als diakonische Einrichtung für Kinder und Jugendliche gibt. Um den Kindern die Tage vom 1. Advent bis zum Heiligen Abend symbolisch zu verkürzen, erfand er im Jahr 1839 diesen ersten Adventskranz. Johann Wichern war verheiratet mit Amanda und hatte neun eigene Kinder.

Wichern bewirkte im sozial-christlichen Bereich vieles, bis weit über die Grenzen Deutschlands hinaus und gilt als Gründer der sogenannten „Inneren Mission". Diese Arbeit nennen wir heute Diakonie.

Wichern wiederum hatte schon früh von Johannes Falks Arbeit in Weimar gehört und war davon beeindruckt. Aber auch andere Vorbilder aus seiner Umgebung sowie seine eigene wirtschaftliche Not, die er als Kind erlebte, prägten ihn tief.

Karl Sieveking war ein Ministerialbeamter des Hamburger Senats, Diplomat, Philantrop, Mitbegründer des Hamburger Kunstvereins und wesentlicher Förderer Wicherns. Ihm gehörte die alte Kate, die „Rauhes Haus" genannt wurde. Auch Senator Hudtwalcker muss zu diesen Förderern gezählt werden. Amalie Sieveking war eine jener Frauen, die, ihrer Zeit weit voraus, genug Mut aufbrachten, sich aus ihren festgelegten Rollen herauszubewegen. Schon zu seinen Studentenzeiten hatte sie Wichern finanziell unterstützt.

Wilm und Magdalena Vandeerens Geschichte ist meine eigene Erfindung. Die beiden Figuren stehen für die existenzielle Not und das seelische Leid unzähliger Kinder und

Erwachsener im Hamburg dieser Jahre, exemplarisch aber auch für eine Bevölkerungsschicht, die es in vielen anderen deutschen Städten gab.

Vielleicht trägt diese Geschichte dazu bei, dass wir in Zukunft die Lichter eines Adventskranzes mit einem ganz anderen Blick sehen.

Ein Nachwort

Liebe Geschichtenliebhaber, liebe Begeisterte,
liebe kritische, bezweifelnde und nachdenkliche Leserinnen und Leser,

als kleines Mädchen habe ich eine Schallplatte zu Weihnachten geschenkt bekommen; es war ein Hörspiel über das Leben Johannes Daniel Falks. Eine von vielen Geschichten meines Kinderlebens, die ich förmlich aufgesogen habe. Über viele Jahre ist sie dann allerdings in den Hintergrund getreten, wenn auch nie wirklich in Vergessenheit geraten. Bei der Räumung meines Elternhauses hatte ich mir diese alte Schallplatte zur Seite gelegt. Aber sie muss versehentlich dann doch den Weg in den Container genommen haben.

Dann, beim intensiven Überlegen, was ich dem Publikum meines literarischen Salons im Advent 2015 anbieten könnte, stand wie aus dem Nichts sein Name wieder da: Falk! Das war es! Ich musste ihn einfach wieder zum Leben erwecken – und zwar in einer spannenden Erzählung für Erwachsene.

Obwohl die Zeit extrem knapp war, konnte ich den Verfasser einer Dissertation über Falks Jugendjahre ausfindig machen, der mir diese unumwunden zur Ansicht überlassen hat. An dieser Stelle möchte ich mich für das Vertrauen und die Spontaneität herzlich bedanken bei Dr. Johannes Demandt, der im Rheinland lebt und dessen Sohn, wie es sich in unserem ersten Telefongespräch herausstellte, nur ein Dorf von mir entfernt wohnt. Gott hat Humor!

Als ich dann wenige Wochen später die Geschichte dem

Publikum meines Salons vorlas, in ganzer hier abgedruckter Länge, hätte man eine Stecknadel fallen hören können. Nach dem letzten Satz habe ich das Lied „O du fröhliche" gespielt und die Überraschung auf den Gesichtern meiner Zuhörer war ... ein Genuss und eigentlich zum Heulen schön! Keinem von ihnen war der Name Johannes Falk bekannt gewesen, sehr wohl aber das Weihnachtlied *O du fröhliche*.

Mein Vater war ein Mensch, der es nicht mochte, wenn man weder historisch bewandert war noch sich interessierte. Ich habe, kaum dass ich lesen konnte, ungezählte Stunden vor den Regalen sitzend in Bücher vertieft verbracht. Allerdings weder aus Pflichterfüllung noch als Strafe. Für diese meinte eine rührige Nachbarin sorgen zu müssen, die mich verpfiff, wenn in meinem Zimmer halbe Nächte lang das Licht brannte. Allerdings blieben die Sanktionen, die sie so wohl so gerne gesehen hätte, aus.

So begegnete mir auch der Begriff *Rauhes Haus* schon sehr früh. Ich kann mich erinnern, dass ich immer, wenn ich ihn hörte, überzeugt war, dass die Kinder, die dort gelebt hatten, grobe Leinenunterhosen und fürchterlich kratzende Strümpfe tragen mussten, und sofort fühlte ich das Jucken auf meiner Haut. Ich habe diese Kinder dafür noch 150 Jahre später bedauert. Wohl aber auch in Summe tief ins Herz geschlossen, weil ihr Leben ja so viel schwerer war als meines.

Nur für diesen riesigen hölzernen und allerersten Adventskranz, mit den vielen Kerzen drauf, hätte ich ein paar Wochen meines Lebens gerne mit dem ihren eingetauscht. Erst als Jugendliche und im Verlauf meines Erwachsenenlebens habe ich mich dann wirklich intensiver der beachtenswerten Biografie Wicherns und den Figuren aus seinem Umfeld zugewandt.

Da ich, fast wie von selbst, gleich zu Anfang in die Erzählung um Johannes Falk eines der ältesten deutschen Adventslieder verwoben habe, war es naheliegend, auch die Entstehung von *Macht hoch die Tür* in dieses Buch aufzunehmen, das dem Pfarrer und Dichter Georg Weissel zu verdanken ist. Er hat zwar nicht diese sozial-diakonischen Spuren hinterlassen wie Falk und Wichern, dafür aber dieses Lied, das ebenso wie *O du fröhliche* bis heute gesungen wird.

Wie in allen meinen biografischen Erzählungen und Romanen bin ich den Überlieferungen und Aufzeichnungen über das persönliche Umfeld, das Lebenswerk und das Wesen Georg Weissels, Johann Hinrich Wicherns und Johannes Daniel Falks, so nahe es ging, gefolgt. Zuweilen bis hin zu diversen Details, die man – keine Sorge – als Leser nicht alle intensiv wahrnehmen muss, die aber historisch durchaus belegt sind, die Bild und Kontext auch mancher Nebenfiguren abrunden und somit der Stimmungsmelodie dieser Geschichten guttun.

Dennoch sind diese drei vorliegenden Werke in erster Linie Erzählungen und nicht historisch-wissenschaftliche Quellenarbeit, wie es auch in den Hintergrundinformationen jeweils am Ende der Geschichten schon zur Sprache gekommen ist.

So sind z.B. die enthaltenden Dialoge von mir erfunden, und auch dort, wo die Beweislage vage und eher variantenreich ist, habe ich mich für die Schnittmenge entschieden.

Fortschrittlich zu denken, ein Risiko einzugehen, aufzustehen und etwas dagegenzuhalten, hat ja nicht nur etwas mit dem 21. Jahrhundert zu tun. Es gab sie schon immer, diese Menschen, die – ihrer Zeit voraus – es einfach gewagt haben. Weil ihr Herz sie drängte. Und die trotzdem Menschen blieben, echt, ehrlich, unverstellt, unperfekt. Bei Weitem nicht alles an der Vergangenheit ist altmodisch oder zum Gähnen langweilig, im Gegenteil. Manches ist so aufrüttelnd aktuell wie je. Aber um Geschichte lebendig werden zu lassen, brauchen wir ihre Geschichten. Geschichten haben oft ein unvergleichlich höheres Potenzial, uns in Bewegung zu setzen, als die reine Aufzählung von Fakten. Und ich freue mich richtig, echt und sehr, wenn diese hier eine Spur in Ihrem Leben hinterlassen.

Elisabeth Eberle

Weitere Biografien bei FRANCKE

Debora Sommer
Juliane von Krüdener
Eine Baronin missioniert Europa
ISBN 978-3-86827-468-4
400 Seiten, gebunden

Die hochgebildete, deutschbaltische Botschaftergattin Juliane von Krüdener (1764-1824) versetzte mit ihrem missionarischen Wirken halb Europa in Aufruhr: Durch ihre Botschaft, ihren Einfluss auf die europäische Politik als Vertraute von Zar Alexander I. sowie als Sozialreformerin von West- bis Osteuropa.

Tauchen Sie ein in die Zeit der französischen Revolution. Entdecken Sie die vergessene Geschichte einer einflussreichen Schriftstellerin und Salondame, die die vorherrschenden Schranken durchbrach und im Auftrag Gottes mutige Wege beschritt.

Anhand neuester Forschungsergebnisse dokumentiert diese Biografie das Leben einer faszinierenden Zeitgenossin von Napoleon, Goethe und Pestalozzi, die durch einen Herrnhuter zum lebendigen Glauben an Jesus Christus fand, und gibt ihr zum 250. Geburtstag ihren Platz in der Geschichte zurück.

Emmy Kraetke-Rumpf
Die Ärztin aus Quedlinburg
Das Leben der Dorothea von Erxleben
ISBN 978-3-86122-006-0
206 Seiten, Paperback
auch als E-Book erhältlich

„Die Bemühung, den Verstand zu schärfen, deutlich und gründlich zu denken, kann der Ausübung der häuslichen Verrichtungen nicht nachteilig sein, ja es ist eine studierende Frau desto geschickter, die Pflichten einer guten Hauswirtin und Ehegattin zu erfüllen, je gelehrter sie ist ..."

Wer ahnt heute noch den Sprengstoff, den diese Worte für die Zeit bedeuteten, in der sie geschrieben wurden? Doch ihre Verfasserin, Dorothea Christiane Erxleben, beließ es nicht bei Worten. Alles andere als ein verbiesterter Blaustrumpf, promovierte die hübsche Quedlinburgerin im Jahr 1754 als erste Frau in Deutschland zum Doktor. Die Ärztin, Mutter und Pfarrfrau lebte ihre dreifache Berufung bis zur letzten Konsequenz ...

Lassen Sie sich berühren vom kräftigen Farbenspiel eines Lebensbildes, das Licht und Schatten, Tragik und Triumphe einer Epoche größter Umwälzungen widerspiegelt.

Reinhard Görisch
Matthias Claudius
oder Leben als Hauptberuf
ISBN 978-3-86827-467-7
108 Seiten, gebunden

Diese Biografie schildert in kompakter Form die Lebensstationen des Dichters und Schriftstellers Matthias Claudius (1740-1815). Hauptthemen seines Werkes werden vorgestellt, in Zitaten kommen er und Zeitgenossen zu Wort. Claudius wird dem Leser in der Vielschichtigkeit seiner Persönlichkeit und seines Gesamtwerkes nahegebracht. Durch sein schriftstellerisches Schaffen regt er bis heute dazu an, christliches Leben bewusst zu gestalten, die eigenen Gaben auszuschöpfen und an der Hoffnung über unsere irdische Existenz hinaus festzuhalten.

Georg Gremels
Ein Mensch namens Luther
Vom Geheimnis der Wandlung
ISBN 978-3-86827-567-4
320 Seiten, kartoniert
auch als E-Book erhältlich

Wittenberg, den 31.10.1517: Mit seinem Thesenanschlag stößt der Mönch Martin Luther das Tor zur Freiheit auf. Gefangen im Gefüge mittelalterlicher Frömmigkeit, lassen ihn dumpfe Unterwerfung und verzweifelter Gehorsam auf dem Weg zu Gott scheitern. Da entdeckt er, wie Gott sich umgekehrt auf den Weg zu ihm macht: Ihm glauben, seine Liebe annehmen – das ist der neue Weg evangelischer, fröhlicher Freiheit. Luthers lebendige Gotteserfahrung setzt in ihm ungeahnte Energien frei, die sein ganzes Leben verwandeln.

In Briefen an einen kritischen Zeitgenossen macht der Theologe und Naturwissenschaftler Dr. Georg Gremels seine Leser mit der kraftvollen Spiritualität Luthers bekannt. Denn er ist davon überzeugt: Im Siegeszug der Befreiungen, die Luthers Durchbruch folgten, gerät der neuzeitliche Mensch in Gefahr, sich sogar von Gott zu befreien. Wie man Gott als Kraftquelle und verwandelnde Wirklichkeit in sich entdecken kann, buchstabiert Gremels in diesem Buch durch: Eine unverzichtbare Lektüre für alle, die sich nicht vor kritischen Fragen scheuen.

Elisabeth Stiefel
Sie waren Sand im Getriebe
Frauen im Widerstand
ISBN 978-3-86827-493-6
128 Seiten, gebunden
auch als E-Book erhältlich

Dieses Buch porträtiert bekannte und weniger bekannte Frauen des Widerstandes gegen das Nazi-Regime. Faszinierende Frauen, die es wagten, während der Nazidiktatur kritische Fragen zu stellen. Frauen, die sich mutig für die Rechte verfolgter Minderheiten einsetzten. Aber auch „stille Heldinnen", die im Verborgenen wirkten und jüdische Mitbürger unter Einsatz ihres eigenen Lebens versteckten. Neben der Philosophin Edith Stein und der Widerstandskämpferin Corrie ten Boom porträtiert Elisabeth Stiefel die Lehrerin Elisabeth von Thadden, die Juden bei der Flucht ins Ausland half. Die Theologin Katharina Staritz setzte sich für jüdische Christen ein. Pfarrfrauen wie Elisabeth Goes, Gertrud Mörike und Johanna Stöffler nahmen in ihren Häusern Juden und andere Verfolgte auf. Gemeinsam war ihnen allen die Verankerung im christlichen Glauben, die ihr mutiges Handeln erst ermöglichte.

Marie-Sophie Maasburg
Gerne unbequem
Das Glaubenszeugnis des Fürstenpaares Castell
ISBN 978-3-86827-564-3
216 Seiten, gebunden
auch als E-Book erhältlich

Marie-Sophie Maasburg legt mit diesem Buch eine eindrückliche Biografie ihrer Großeltern vor. In Gesprächen berichten Fürstin Marie-Louise und Fürst Albrecht zu Castell-Castell davon, wie sie aus einer Lebenskrise heraus zu einem lebendigen Glauben an Jesus fanden; wie Gott sie durch die Schule des Glaubens führte; wie sie mit den Höhen und Tiefen ihres Lebens umgehen lernten; welche geistlichen Strömungen ihr Leben und Wirken beeinflusst haben. Der Leser wird Zeuge, wie sich das Fürstenpaar von Gott geführt sieht, sich in der ökumenischen Bewegung und in der Versöhnungsarbeit zwischen Deutschland und Israel zu engagieren, und wie die Liebe zum Heiligen Land über die Jahre wächst.

Ein inspirierendes Buch über die Lebens- und Glaubenswege des Fürstenpaares Castell, das an vielen Orten zu Brückenbauern wurde.